「あ……敦行様ぁ……ぁあ……ふ……あぁ」
もう豊子は甘い嬌声を漏らすことしかできない。
「そんな声、聴かされたら……」
耐えるようにそう言い、ぶるりと震えると、帝は上体を反らして律動を速める。

物語好む姫、本物の帝から
まさかの寵愛！ 平安新婚絵巻

藍井 恵

Vanilla文庫

物語好む姫、本物の帝からまさかの寵愛!

平安新婚絵巻

目次

イラスト／吉崎ヤスミ

序章

――あれは桜が見せた幻だったのではないかしら。

あまりに美しい情景だったので、豊子《とよこ》は思い出すたびにそう思う。

それは豊子が十五歳のころ、朝のやわらかな日差しを御簾《みす》越しに感じながら、物語を読んでいたときのことだ。御簾の外から笛の音が聞こえてきた。鶯《うぐいす》の囀《さえず》りのような音なのに、どことなく寂しい。

――うちに、こんなにうまく吹ける人はいないわ。

好奇心から、豊子は御簾を上げて縁側に出た。邸《やしき》の四方に、すのこの縁が張り巡らされ、廊下のようになっているのだ。

袴《はかま》の上にはおった細長い着物の裾を引きずりながら、音のほうへと進んでいく。大人のように何枚も重ね着しないので、その足取りは軽々としている。角を曲がり、中庭に出ると、笛の音が大きくなった。

奏者を目で探したが、庭には誰もいない。ただ、薄青の空のもと、朝陽を受けて花々を輝かせる大振りの山桜があるだけだ。笛の音は満開の桜から染み出てくるようである。

桜から一番近いところまで来ると、二股に分かれた幹の間に腰かけて横笛《おうてき》を吹いている者が目に入る。青年は白い衣を身につけ、桜花の中に浮かんでいるかのようだ。この世の者とは思えぬ美しさだった。

豊子は膝立になって欄干《らんかん》に手を置き、うっとりと眺め入《い》る。

すると、笛の音が途絶え、その者がひらりと舞いおりた。その所作が優雅で人間離れしているものだから、豊子は彼が桜の精だと確信した。

桜の精が軽やかに近づいてくる。豊子がぼうっとしていると、近くに顔がきた。縁側は地面より躰《からだ》半分くらいの高さがあるというのに、豊子と頭の位置がそう変わらない。かなり上背がある。

そして、その顔の麗しいこと！　何を考えているのか定《さだ》かではない高雅な眼差《まなざ》し、すっと通った鼻、ゆるやかに弧を描いた唇――。

こんなに美しい人を見たのは初めてだった。

――いいえ、人ではないわ。桜の精よ。

「笛を聴くのが好きなの？」

――しゃべった！

声は存外に低く、男らしかった。

――人間だわ！

豊子は、はーっと大きく息を吐いた。

「どうした？」

「いえ、あの、その笛の音も、あなたも美しすぎるものだから、桜の精か何かではと。人《ひと》だとわかって、今ほっとしたところ」

彼が意外そうにわずかに眉を上げたあと、ぷっと小さく笑った。

「桜の精か。これはいい」

「今日、やんごとなきお方が、お泊まりになると聞いたわ。こんなところで油を売っていて大丈夫なの？」

「主《あるじ》は私の笛が好きだから、いいんだ」

「私もあなたのご主人様に同感よ。こんなに美しい音色を聴いたのは初めて。鶯の鳴き声のようでいて儚《はかな》さを感じさせられたわ。もっと聴かせてくださいな」

彼が顔を赤らめたような気がした。本当に上手だから褒めているのに、変なところで照れるものだ。

「鋭いね。これは唐《とう》の皇帝が鶯の声を音にするよう命じて作らせた『春鶯囀《しゅんのうてん》』という曲なんだ。行くよ」

彼が背をただし、横笛に口をつけると、透き通るような高音が宙《ちゅう》に放たれる。音色さながらに麗しい黒曜の瞳を覆う睫毛《まつげ》は長く、鳥の羽根のようだ。

豊子が耳も目も幸福に浸されたそのとき、「どちらにいらっしゃいますか」という小声が聞こえてきた。乳母《めのと》が母にばれないようにこっそり探してくれているようだ。

彼にも聞こえたようで、笛を吹くのをやめた。

「あ……ごめんなさい。私、そろそろ戻らないと。でも、もっと聴いていたかった……。このまま吹いていてくださいな」

彼が少し考えるような表情になったあと、横笛を差し出してくる。

「え？」

「これ、あげるよ。いつか再び会ったら、そのとき吹いてあげるから、それまで持っていてくれないか？」

――いつか再び会う？

「でも、私、来月、裳着《もぎ》のお式があるから、もうお会いすることもかなわないわ」

裳着は大人の女性《にょしょう》になるための儀式で、その後、もし会えたとしても、異性とは御簾や几帳《きちょう》で隔てられ、直接顔を見ることがかなわなくなるのだ。

「そうか、もう大人になりなんだね。ならば、いずれ迎えに行くから、それまで待っていてくれないか」

――迎えに？

唐突すぎて、豊子は頭が真っ白になる。お互い相手が誰かもわかっていないのに何を言い出すのか。あまりに浮世離れしている。だが、それがしっくりくるのが彼のすごいところだ。

——さすが桜の精。

そんなふうに納得させてしまう高貴さがある。

「どちらにいらっしゃいますか」と、再び乳母の声が聞こえてくると、桜の精が一歩前に出て、欄干の上に笛を掲げた

「約束の証《しるし》として、これを受け取ってくれ」

「え?」

——約束って……本当に迎えに来てくれるってこと?

つまり、これは結婚の約束——婚約ではないか。豊子は驚いて目を見張った。

彼が、はにかんだ笑みを浮かべ、返事をうながすように顔を傾《かし》げる。

——この瞬間のこと、一生忘れられなくなるわ。

豊子は直観でそう感じた。吸い寄せられるように、笛に手を伸ばす。笛を握ると、豊子の手に蓋《ふた》をするように彼の手がかぶさった。手が、彼の両手に包まれている。

——大きくて、温かい。

豊子が瞳を見つめると、彼が小さくうなずき、名残惜しそうに手を離した。

「では、また」と、うっすらと口の端を上げ、踵《きびす》を返す。

──また。

つまり、必ず再会するということだ。

再び乳母の声がして、豊子は慌てて、もといたほうへと戻る。角を曲がると、乳母が速足でこちらに向かってきていた。焦ったような表情をしている。

「今日はお客様がお泊まりなので、お母様に叱られてしまいますわよ」

「ごめんなさい。でも中庭の桜を見ていただけで、本殿には行ってないわ。今日はどなたがお泊まりなのです？」

「それが、秘密なのだそうです。相当位の高い方のようですが」

「関白様《かんぱく》……とか？」

「さあ。私どもには何も。ただ、普通のお客様とは異なる格別な扱いをされているのは確かでございます」

それで、今日は今までになく邸内の空気が張り詰めていたのだ。だが、従者に庭で笛を吹かせるなんて、風雅を解する方のようである。

──いいえ、彼はやっぱり桜の精よ。

豊子は目を瞑《つぶ》って、さっきの情景を思い浮かべる。

すると、不思議なことが起こった。

頭の中に、絵巻物が広がっていったのだ。

その物語の中で桜の精は、桜の木の下で、ある女性と出会い、愛を育《はぐく》む。だが、相手は人間なので命に限りがある。死によって引き裂かれようとも、桜の精は彼女を忘れることなどできなかった。いつか桜の下で再び会えると信じて笛を吹く――。

もともと物語を読むのが好きだった豊子だが、自分でも書きたいと思ったのはこのときが初めてだった。

早速、豊子は文机《ふづくえ》に向かって筆を執《と》る。桜の精が、人間の自分に恋したらどうなるかという妄想をふくらませ、それを紙にぶつけていった。物語を創《つく》っていくうちに、豊子は、いずれ桜の精が、人間の桜の君となって現れ、豊子の恋人になるような気がしてきた。

――これはきっと運命なのよ。

だから、また会える。

このとき、豊子は、裳着の式を終えて大人の仲間入りをしたら、すぐにでも桜の君から恋文が来るのだと思い込んでいた。

だが、現実というのは得てして思い通りに進まないということを、のちに思い知ることとなる。

第一章　彦星《ひこぼし》はいずこ

都が京に遷《うつ》って二百幾十年、兵乱になるほどの政争もなく、有力貴族の野望といえば、娘を後宮に入れて皇子《みこ》を産ませ、次代の帝《みかど》の外祖父となることだった。そうすれば、政権は思いのままとなる。

娘の性愛の勝利が、権力闘争の勝利となるのだ。戦いの場は後宮、すなわち帝が暮らす内裏《だいり》にあった。

「内裏になんて入るものじゃないわよねぇ」

右大臣、源実忠《みなもとのさねただ》の娘、豊子は、女同士の争いが繰り広げられる内裏を描いた絵巻物を腹ばいで読みながら、ひとごとのようにつぶやいた。暑いので、下着である白小袖《しろこそで》と袴に、絹で織った薄物一枚をはおっただけだ。妙齢の女性がこういった恰好《かっこう》をすれば、しどけなく見えるものだが、彼女の場合はだらしなさが勝《まさ》る。

右大臣の娘ならば、帝のきさきになってもおかしくない身分だが、今上帝《きんじょうてい》の母方の伯父である関白《かんぱく》、藤原兼政《ふじわらのかねまさ》が政《まつりごと》を意のままにしており、いくら先々代の帝の血を引く右大臣といえども、娘の入内《じゅだい》など容易ではない。

——藤原氏じゃなくてよかった。

物語や日記《エッセイ》を読んでいると、きさきとして入内した女人《にょにん》は本当に大変だと思う。実家の重い期待に押しつぶされそうな日々。帝の寵《ちょう》を受けたら受けたで、ほかのきさきたちから嫉妬を買う。

——まあ、ここから始まるいじめやいやがらせが物語の見せどころなんだけどね。

ただ、人の心は醜くとも、内裏での暮らしは雅《みやび》で、描かれた人物も風俗も美しく、絵巻物をうっとりと眺めていると、時が過ぎるのを忘れる。後宮の恋愛沙汰は物語として楽しむのが一番自分に合っているように思う。

豊子は、一本脚の台に盛った揚げ菓子に手を伸ばしたが、菓子が移動した。

見上げると、乳母子《めのとご》である良子《よしこ》が食器の長い脚をつかんでいた。

「良子も食べたかったの？　七夕の節供《せちえ》で手に入れた揚げ菓子よ。よかったらおひとついかが？」

豊子が起き上がり、菓子に手を伸ばすと、良子が再び菓子を掲《かか》げた。

「あっ、今食べようとしたのに……」

主《あるじ》が恨みがましい目を向けたというのに、良子は肩をそびやかしてこう言い切る。

「これ以上、お太りになるのは危険でございます」

「いいじゃないのよ、どうせ懸想文《けそうぶみ》の一通も来ないんだから」

自ら言っておいて、豊子は自分の言葉に傷ついてしまう。

裳着《もぎ》の式を行ってから二年経《た》つというのに、豊子のもとには、桜の君どころか誰からも懸想文が届かなかった。成人女性は邸の奥に引きこもって男性と顔を合わせることがないので、文《ふみ》をもらわないことには、何も始まらないというのに――。

裳着前は、こんなことになるとは思ってもいなかった。

――あの笛は結婚の約束じゃなかったの⁉

桜の君以外の男性からの求婚を断るのが大変だわ、なんて勘違いして苦悩していた自分を、穴を掘って埋めたい。そして、もらった笛の吹き口にこっそり唇をつけてにやにやしていたことは誰にも言わずに墓場まで持っていくつもりだ。

考えれば考えるほど落ち込んでいく豊子に、良子が膝を寄せてくる。

「姫様がお書きになった物語に出ていらっしゃる〝桜の精〟は、実在する方で、姫様に求婚されたのでしょう？　どうして文のひとつもくださらないのでしょうね？」

傷口から今も血が流れているというのに、ぐりぐりと塩を揉《も》み込《こ》まれた気分だ。

「……きっと、何か理由があるのよ」

良子が、かわいそうな人を見るような目つきになる。

「桜の精のことは置いておいても、おかしいと思いませんこと？　姫様はこんなにもお美しくて、私が、絶世の美女という噂《うわさ》を日々流しているというのに、興味を示す公達《きんだち》がひとりも現れないなんて……」

公達とは上流貴族の子弟のことだ。豊子はぎょっとしてしまう。

「そんなに期待値を上げられたら、実際に会ったときにがっかりされるじゃないのよ！」

「そんなことはございません。姫様はその名の通り、豊かな漆黒の髪に、透き通るような白い肌、梅花のように紅《あか》い小さな唇と、美人の条件をそろえています。くりくりした大きな瞳は少し幼さも感じますが、それもまた、ただの美人では終わらない魅力かと……」

言いながら、良子が陶然と目を細めた。気持ちはありがたいが、身びいきが過ぎる。

「それだけ美人なら、少々太ってても大丈夫じゃないかしら。良子もお食べなさいな」

開き直って豊子が揚げ菓子をひとつ口に入れると、良子が食器を背後に隠した。

「毎日、寝転がってお菓子を食べながら物語を読んだり書いてたりしていることが、家人《けにん》の口から外部に洩《も》れ出ているんですわ！」

良子が袖で顔を覆って、よよと泣くものだから、豊子は菓子を噛《か》むのをやめ、頰《ほお》の内側にしまい込んだ。

「良子《よひこ》、お気持ちはありがたいけど《が》《け》、私は結婚《し》ひたくないから、これでひひのよ《い》《い》」

そう言うと豊子は、湿ってやわらかくなった菓子を歯ですりつぶした。

――桜の君が結婚してくれないなら、いっそ結婚しないほうがましよ！

なんといっても、豊子の場合、物語の中で愛し合うという手が残されているのだから。

「姫様にお婿様がいないとなると、弟君がいずれこの邸を本邸にされてしまうことになりますわよ？」

基本、婿入り婚で、邸や財産は女系相続とはいえ、それは邸を継ぐ子が生まれてこそだ。婿が入らなければ、弟が正妻を娶《めと》った暁に、この邸を弟一家に明け渡すことになる。

「日記《エッセイ》で読んだんだけど、通う公達がいればいたで散々なんだから。いつ来るかもわからない彼を待ち続けたり、浮気相手のところに向かう牛車《ぎっしゃ》が家の前を通ったり……」

豊子がしたり顔をすると、良子が呆《あき》れたようにこう言った。

「そんな恨みがましい日記など読むのはおやめなさいまし」

良子は生まれたときからのつきあいで、侍女とはいえ容赦ないが、親身になってくれるのは良子ぐらいだ。両親など、豊子の結婚を諦めたのか、小言のひとつも言ってこない。

「姫様、文が届いております」

御簾の向こうから女房の声がした。良子が受け取ってきてくれた文は、もちろん懸想文などではなく、差出人は女人である。内裏で女官をしている、いとこの園子《そのこ》からだ。

豊子が桜の精の物語を送ると、園子はすぐさま、熱い感想を返してくれる。

自分が書いた物語を気に入って、早く続きをとせがんでくれる人がいる。それが、いかに今の豊子の心の支えになっていることか。

「もしかして、園子様からのお文でございますか?」

良子が興味津々な表情でのぞき込んできた。良子が楽しみにしているのは感想ではない。園子が手紙に書き添えてくれる、内裏の出来事のほうだ。

園子は帝付き女官で、内侍所《ないしどころ》の三等官である掌侍《ないしのじょう》という責任ある位《くらい》に就いている。毎日、邸の奥でごろごろしている豊子とは雲泥の差だ。

「ええ。読んであげるわね」

豊子は筒状になった文をくるくると広げる。

「『主上《おかみ》は女官に優しく接してくださるので慕われているのだけれど、相変わらず、どんな美人の女官にも興味を示さず、頭中将《とうのちゅうじょう》様と御所《ごしょ》の外で遊んでいらっしゃるわ。内裏の二大美形が外の女人に持っていかれるなんてと、前、嘆きの手紙を書いたわよね? でも、新しい説が浮上したわ! なんと、実は帝の本命は頭の中将様その人なんですって!』」

「まあ!」

良子が眉をひそめたが、その瞳は輝いていた。醜聞ほどおもしろい話はない。だが、にわかには信じがたい内容である。

「『私たちが女性として見られていないようで口惜《くや》しかったけど、それなら仕方がないって納得したわ。相手が男性だと思ったとたんに気が晴れるなんて不思議なものよね?』」

「確かに!」と、豊子は良子と向き合って同時に声を発した。

「そもそも主上が御所の外に出るときは、御幸《みゆき》といって大ごとになるのに、おしのびで出かけて、しかも男色なんて、すごい噂もあったものね」

「これは……国家機密ではありませんか」

良子が興奮してきて、揚げ菓子に手を伸ばしたので、すかさず豊子も菓子をつかんだ。

「主上が女性に興味がないなら、出仕するのもいいわよね。仕事に生きちゃおうかしら」

良子が菓子を呑《の》みこむと、にやっと小さく笑った。

「あら、主上を警戒されていたのですか。ということは、内裏に入ったら、主上のお手がつくと思っていらしたわけですね？」

豊子は菓子が喉につっかかりそうになる。

「ぐぅっ……も、もののはずみということもあるでしょう？」

「いえいえ、美人の女官をも相手にされない主上相手に、すごい自信ですこと」

ここまで来て、なんだか可笑《おか》しくなり、豊子は良子と笑い合った。

そのとき、御簾の向こうから使いの者の声が聞こえてくる。

「殿と北の方が、これからお出《い》でです」

家族といえども訪れるときは先触れがあるので助かる。豊子は大急ぎで、内衣《うちぎ》五枚に袖を通し、襟《えり》をかきあわせた。良子も慌てた様子で菓子を几帳の後ろに隠している。

「私だ」という父、源実忠の声が聞こえたので、良子が御簾を上げて招き入れる。

いつも緊張感のない狸《たぬき》顔の父親が珍しく畏《かしこ》まった様子で、狐《きつね》顔の母親はつり目をさらに鋭くしていた。

──ものすごくいやな予感がするわ。

両親が腰を下ろして豊子と向かい合う。最近、暑い日が続くなど、たわいない季節の話をしたあと、父の丸い顔が心なしか引きしまった。

「おまえも、もう十七だ」

「ええ」

「なのに、通う公達のひとりもおらぬ」

なぜ今日に限って皆が皆、豊子のもてなさぶりをなじってくるのか。

「だが、安心なさい。私がお相手を決めてきた」

あまりに衝撃的で、豊子は言葉を失う。

頭に浮かぶのは横笛を差し出したときの、桜の君の照れたような笑みだ。だが、その彼は文の一通もくれない。それならばいっそ、迎えに来るなんて言わないでほしかった。そうしたら憧れの人として創作の中で存分に楽しむことができただろうに。

期待を持たせておいて忘れるなんて、あまりにも酷《こく》な仕打ちだ。

豊子が無言になったので、母親が気遣わしげに顔をのぞき込んでくる。

「豊子ならきっとうまくやれるわ」

──うまく婿を迎え入れられる、と？

「い……一体……どなた、なのです？」

名家のもてない娘のもとに無理やり通わされる憐れな公達は一体どこの誰なのか。というか、わざわざ親がこんな宣言をする必要があるだろうか。その公達に懸想文のひとつでも書くよう頼んで、恋愛したような気にさせてくれればいいものを。

──そしたら、盛大にふってやったのに！

いつになく父親が厳《おごそ》かにこう言ってくる。

「主上《おかみ》……今上帝だ」

──え……？

気づいたら、豊子はゆらゆらと揺れていた。目の前には心配そうな良子の顔がある。意識が飛んだ豊子を揺らして覚醒させようとしていたようだ。おかげで豊子は現実に戻れた。

「ごめんあそばせ。急に物《もの》の怪《け》に取り憑《つ》かれたようですわ。お父様、ご冗談が過ぎます。主上が、我が家に通ってくださるとでも？」

「もちろん、姫が内裏に入るのだ」

──え？

再び意識が飛びそうになったところ、良子に揺さぶられる。父は、豊子の様子に構わず、話を続けた。

「即位されて十年、二十歳の主上に、まだこれといったおきさきがいらっしゃらないなんて、由々《ゆゆ》しき事態だ。我が源家は先々代の帝の血を引く由緒正しき家柄だから立后《りっこう》も夢ではない」

まじめにそう語る父親の顔を、豊子はまじまじと見つめる。

普通にしていても笑っているように見える福々しい狸顔だ。まさか娘を皇后にしようなんて野心を抱いているとは思ってもいなかった。

——もし、私が入内したら……？

いつものくせで、ついお話を考えてしまう。頭の中に絵巻物がするすると展開していく。

今回ばかりは、主人公は自分自身——右大臣、源実忠の娘である。きさきの空白を埋めるために入内したが、その後、藤原氏の主流やら傍流やらの選《え》りすぐりの美しい姫が次々と後宮入りし、内裏の隅《すみ》で忘れられた存在になっていく。

——この展開はみじめすぎる！

「やはり、私、お父様お母様がいらっしゃる、このお邸にいたいです」

かわいそうに聞こえるように豊子はたどたどしく話し、上目遣いで両親を見つめた。

すると、子煩悩な父が一瞬、はっとしたような表情になった。が、すぐにもとにもどる

「いや、姫の将来を考えると、ここにいるより、主上の寵《ちょう》を受けたほうがよい。公達との噂のひとつもないのに何をいやがるというのだ？」

──寵⁉　蝶でも腸でもなく、寵⁉

公達から懸想文ももらえない豊子がどうしたら帝に愛されるというのか。

良子よりひどい身びいきである。いや、身びいきなんてものではない。親馬鹿だ。

「そういう問題ではなく……。どうしても内裏に入るようおっしゃるなら、そう、そうよ。いとこの園子のように、出仕したいです。帝どころか、どの殿方の愛も勝ち取れる自信がないので仕事に生きます。ご存じでしょう？　私、字が上手で、園子を通じて宮中の歌合《うたあわせ》の清書を頼まれたこともあるんですのよ」

「それは知っておる。我が家の誉《ほまれ》だ」

父はしばらく目を泳がせていたが、急に何かひらめいたように目を見張った。

「ならば、宮中の内侍所に勤めるがいい」

内侍所といえば、後宮の女性職員が所属する組織である。それにしても、えらくあっさり承諾されたものだから、豊子は不審に思う。

「お父様、私が内裏に入ったら主上に見初められるとか、そういった夢をご覧になってらっしゃいませんよね？」

「まあ、主上に見初められる前に、ほかの公達と噂になってしまいそうだから、それだけが心配だなぁ」

父親が呑気《のんき》に笑っているものだから、豊子は救いを求めて母親に視線を送った。母までうんうんとうなずいているではないか。

――ふたりそろって親馬鹿！

「そういえば、姫は物語が好きだろう？」

急に話題を変えた父を怪訝《けげん》に思いながら、豊子は「ええ」と答えた。

「御所に図書寮《ずしょりょう》があるのを忘れていないか。蔵書は我が国一番だ」

――図書寮！

読みたいと思っても、借りることすらままならない物語の数々が、豊子の頭の中で、夕暮れどきの蛍の光のようにぽつぽつと浮かんできて、やがて一斉に明滅し始める。

「お父様、私、出仕したいです。ぜひ出仕させてくださいませ！」

気づくと豊子はひれ伏して出仕を懇願していた。父狸に騙《だま》されたような気もしないでもないが、出仕でもしないと『源氏物語』五十余巻の中でも幻とされている巻を読むことなど一生ありえない。

そんなわけで出仕の準備を始めたというのに、冬になっても、帝の命令を伝達する文書である〝宣旨《せんじ》〟が下りない。出仕でも受け入れてもらえないなら、入内など、父の野望が口からこぼれ出ただけだったのではないか、そんな疑惑を持ち始めた一月のある日、父が邸に戻るなり、豊子を呼び出した。

本殿で、豊子が父母に向き合って座ると、父親は威儀を整えるように咳払《せきばら》いした。

「遂《つい》に、主上から宣旨が下ったぞ。漢文も読めるのだろう？　特別に見せてあげよう」

そう言って、父親が豊子に巻物を渡してくる。宣旨を見る機会など、これが最初で最後かもしれない。豊子はいずれ物語を書くときのために頭に焼きつけようと、巻物を広げていく。その瞬間、驚くべき文字が目に飛び込んできた。

『奉勅《ほうちょく》、尚侍《ないしのかみ》』

豊子に尚侍を命ずるという意味だ。豊子は、がばっと顔を上げる。

「お父様、私が尚侍って、どういうことですの？」

「何を言っておる。右大臣家の大姫であるぞ。内侍所の長官《かみ》である尚侍しかふさわしくないだろう？　おかげで半年かかってしまった」

豊子はこのときになってようやく、七夕の節句のころ、父親がすぐに入内を取り下げて出仕に応じたわけがわかった。

「お……お父様、尚侍が本当に長官職だったのは百年くらい前まではありませんか？　尚侍といえば、今や、きさき候補の名誉職でしょう？」

「そうでもない。現に、雷鳴壺《かんなりつぼ》の尚侍は十六歳で内裏に入って十年になるが、いまだにきさきになっておらん。それに姫は、主上に愛されないと自信満々に言っておったではないか」

――確かに、言った。

母親がこう畳みかけてくる。

「ですから、姫も、雷鳴壺の尚侍とともに、仕事に邁進《まいしん》できるはずですよ？」

「そうじゃ、そうじゃ。私と同じく、仕事に励んで主上をお支えするがいい。まあ、どのみち主上の宣旨が一旦下されたら、姫どころかたとえ関白殿とて覆《くつがえ》せぬがのぅ」

そう言って父が、ふぉふぉと満足げに笑っている。

狸が悪だくみしているように見えたのは気のせいだろうか。


そのひと月後、豊子と園子を乗せた牛車は、内裏の上東門《じょうとうもん》をくぐっていた。ただの牛車ではない。檳榔毛車《びろうげのくるま》という、南国から輸入した檳榔《びんろう》の葉で覆われた高級牛車である。物見用の開き戸がなく、豊子は前方の御簾《みす》の隙間から御所を垣間見る。

そこは――別世界だった。遠くに儀式を行う殿舎が見えるが、緑の瓦屋根が陽の光を受けて輝き、白壁に朱塗りの柱が聳《そび》え立つさまには崇高ささえ感じる。

――あの物語も、この物語も御所《ここ》で繰り広げられたんだわ……。

豊子は、感極まって涙が出てきそうになった。

「良子、私、やっぱり御所に来てよかった……」

豊子が顔を横に振ると、良子も神妙な面持ちで御簾の隙間から外を眺めている。

「姫様……私も同感です。右大臣邸も広大ですし、内裏を模した造りですから、御所は大きいだけで同じような感じかと思っていたのですが、次元が違いますね」

――物語の読みすぎと呆れられるだけかと思っていたのに……。

豊子は良子と顔を見合わせて大きくうなずいた。

やがて築地《ついじ》で囲まれた内裏が現れ、朔平門《さくへいもん》の前で牛車が停《と》まる。内裏の中には牛車が入ることができない。てっきり歩くものだと思っていたら、輿《こし》が用意されているではないか。輿になど乗ったことがない。帝から特別な許可が下りないと使用できないはずで、まるで入内でもするかのような扱いだ。

豊子ひとりだけが輿に移ると、八人がかりで担ぎ上げられる。ここでも御簾の隙間から内裏を観察した。殿舎は、自邸と同じく檜《ひのき》の樹皮を使った屋根で、鳶色《とびいろ》の落ち着いた色合いをしている。人の住むところという感じがして、少しほっとした。

そのいくつもの殿舎の向こうに、ひときわ大きな建物が見えた。

――あれは……内裏の正殿、紫宸殿《ししんでん》！

豊子はまさに今、物語世界の中に入り込んだのだ。

頭の中で『源氏物語』の絵巻が広がっていく。気づいたときには、豊子は弘徽殿《こきでん》の母屋《もや》で脇息《きょうそく》に寄りかかっていた。

「姫様、先ほどから、物思いに耽《ふけ》ってらっしゃいますが、お疲れですか？　さ、白湯《さゆ》でもお飲みになってくださいな」

良子がそう言って、杯が置かれた台を一脚、豊子の前に置いた。豊子は喉が渇いていることに気づいて、白湯を口にする。

「これが……内裏の白湯！」

「白湯なんてどこでも同じでしょう？　それよりこの弘徽殿って、主上のおわす清涼殿《せいりょうでん》と目と鼻の先ではありませんか。私、すぐそこに主上がいらっしゃるのかと思うと、それだけでどきどきしてしまいますわ」

しっかり者の良子が少女のように頬を赤らめるところを見たのは、これが初めてだった。

「そう。良子が喜んでくれただけでも、ここに来たかいがあったというものよ」

良子が身を乗り出してくる。

「おかげさまで、私もひとり住まいの房《へや》をたまわって、一端《いっぱし》の女房ですのよ」

「こ、この方が……弘徽殿の女房⁉」

今になって良子をまじまじと見てしまう豊子だ。

「いちいち変なところで感動するの、おやめになってくださいな。姫様こそ、今日から弘徽殿の尚侍でいらっしゃるではありませんか。過去に皇后様や女御《にょうご》様がお住まいになった弘徽殿に私がいるなんて、本当に信じられませんわ」

良子が期待の眼差しを豊子に向けてくる。良子が何を言いたいのかはわかっている。豊子も輿、弘徽殿ときて、きさきのような扱いを受けていることを認めざるを得ない。

――きさきになんかなったら、いよいよ桜の君から文をもらうのが絶望的になるわ。

横笛をくれたときの桜の君の姿が昨日のことのように頭に浮かんでくる。豊子は小さく頭《かぶり》を振り、こうまくしたてた。

「今、内裏《ここ》には、皇后様どころか女御様すらいないから、後宮はあくまで、出仕する女人が住むところなわけですよ。そもそも、この弘徽殿だけでなく、藤壺《ふじつぼ》や梅壺、登花殿《とうかでん》だって、過去に皇后様が住んでいらっしゃったことがあるじゃないですか」

良子が呆れたように半眼になった。

「姫様、興奮すると急に早口になって、私にも口調が丁寧になりますね」

「いっそ主上にこんなふうに早口でまくしたてたら、私、きさき候補から外れるんじゃないかしら？　その手でいくわ！」

着いたときこそ、こんな勇ましいことを言っていた豊子だが、二日経ち、運び込んだ荷物の整理が終わったのを見計らったように、早速、帝から使いが来ると、うろたえることはなはだしかった。渡された文には、今から訪問する旨が書いてあったのだ。

「こちらにお移りになったばかりですのに」

と、女官経験のある女房まで驚いているので、この訪問はやはり早急であるようだ。

良子がおずおずとこんなことを耳打ちしてくる。

「もしかして主上は一刻も早く姫様にお会いになりたいのではありませんか？」

「そ、そんなこと……あるわけないでしょう……？」

――お父様まで、私のことを絶世の美女だとか吹いてるんじゃないでしょうね！

それにしても弘徽殿《ここ》は、帝のおわす清涼殿から近すぎる。今すぐ、迎える準備をしなければならない。主上を御簾の外に座らせるわけにはいかないので、女房が几帳を置き、豊子は几帳の向こうに回り込む。皆、一斉に押し黙った。

遠くで目白《メジロ》がちゅぃちゅぃと鳴き声を交わしているのが聴こえてくる。

豊子は目を閉じて耳を澄ました。雲上から天子様が降臨されるのを待つような厳かな気持ちになってくる。

「主上のおなりです」

先触れの声に、豊子は、几帳の練絹《ねりぎぬ》の隙間から外をのぞき見る。御簾に帝の影が映った。外が明るければ御簾越しにご尊顔も拝見できたところだが、曇天では、それはかなわない。

豊子はのぞき見るのをやめて几帳から顔を離し、目を瞑る。胸の鼓動が早くなっていく。

――大丈夫、私、まだ何もへましてないわ。

女房が御簾を上げて帝を中に案内すると、衣擦《きぬず》れの音とともに、典雅な香《こう》が漂う。帝は几帳の向こうで腰を下ろしたようだ。

一通りの挨拶のあと、帝がこんなことを言ってきた。

「この几帳は私たちの間に必要かな。美しいお顔を見せてくれないか」

——軽っ！

さすが御所の外で遊んでいる放蕩者《ほうとう》なだけはある。

「几帳を外しても美しい顔をご覧に入れられませんので、このままのほうがよろしいかと存じます」

「ほう。私はね、手応えのある女人が嫌いではないのだ」

「まあ。お戯《たわむ》れを。お好きでもないということでございましょう？」

「その受け答えを聞いて、ますます気に入ってしまった。この気持ち、どうしてくれよう？　この几帳を外すよう、女房に命じようか」

——どこでもこんなことを、おっしゃっていそう！

「まあ。そんなふうに言っていただいたことがないので、うれしく存じますわ。ですが、私、ここでは、お仕事で主上に評価していただきたく思っておりますの」

ははは、と上品な笑い声が聴こえてくる。

「それは頼もしい。まあ、急ぐ必要もあるまい」

帝は、女としての豊子に興味をなくしたのか、話題を世間話に切り替えた。もうすぐ桜を愛《め》でる桜花の宴があることをはじめ、内裏の四季や行事、豊子の父である右大臣のことなどについて話してくれた。

先ほどとは一転して、出仕したばかりの豊子を思いやるような態度で、まだ御年二十一だというのに、落ち着いた大人の魅力を感じる。

――お父様がおっしゃっていたように、私も主上を支えるために頑張ろう。

帝は結局、色恋めいたことはしようとせず、「また来る」とだけ言って去っていった。

――最初の、顔を見たいと言ってくださったのも、社交辞令だったのかも……。

帝が物語の公達のように、軽々しく女人を口説いたりするわけがないのに、意識しすぎたようで、自分で自分が恥ずかしくなる豊子だ。

夜、そんなことを思い返しながら、豊子が褥《しとね》で横になっていると、どこからともなく笛の音が聴こえてきた。

――もしかして桜の君⁉

豊子は跳ね起き、褥の四方を囲む垂れ布の間から顔を出して、ようやく我に返った。自分は何を考えているのか、と。笛など、貴族の子弟なら誰でも吹ける。

ちょうど、御簾の向こうで灯《あか》りを消し、立ち去ろうとした女房に、豊子は問う。

「あの笛はどなたが？」

「陰陽寮《おんみょうりょう》の方だそうです」

「よくあることなの？　でも、なんのために？」

「今日が初めてでございます。物の怪を祓《はら》うためだとか。笛の音が聴こえる間は、外に出ないようにと、先ほど衛士《えじ》に言われました」

と言って、女房が自身の局《つぼね》へと去っていった。

しかし、笛で物の怪を祓うなどというやり方は物語や日記でも読んだことがない。鬼退治なら、盾と矛を打ち鳴らすし、魔除《まよ》けなら、弓の弦を弾《ひ》き鳴らすはずだ。

皆が寝静まる中、優しい音色が子守唄のように殿舎を包み込む。だが、豊子の目はぎんぎんに冴《さ》えていた。笛の名手の正体が気になって仕方ない。こんなに美しい音色を奏でられる人物は、豊子は桜の君しか知らない。

――もし、桜の君だったら……！

豊子はいても立ってもいられず、単《ひとえ》という大き目の衣を着て、その上に五枚の衣をはおり、御簾から這《は》い出た。妻戸の片側の扉をできるだけそうっと開け、殿舎の周りに張り巡らされた縁に膝を進める。

音が聴こえるほうに向かい、突きあたりを右折したところ、月の光に照らされた紅梅が目に入った。漆黒の枝幹《しかん》は闇に融《と》け込み、連なるように咲く花だけがおぼろげに浮かび上がっている。

その下で横笛を吹いている者がいた。

――桜の君！

彼も豊子に気づいたようで、笛を吹くのをやめた。月齢十七日の立待ち月の光に照らされた彼が、紅梅を背景にこちらに向かってくるさまは絵巻物の一場面のようだった。

豊子は立ち上がって躰を庭のほうに向ける。

――桜の君の正体が知りたい。

「桜の君、覚えていらっしゃる？　私、三年前、右大臣邸でお会いしたことがあるの。あのとき横笛をくださったわ」

「桜の君？　私も、あなたを心の中で桜の君と呼んでいたんだよ？」

「桜の君も？」

うれしくなって顔を熱くしていると、彼が脇の階《きざはし》から縁に上がり、豊子の目の前までやって来た。上背があるので、豊子は首を反《そ》らせて見上げる。表衣である袍《ほう》は白で、首元に、下に着た紅梅色が見え、さしずめ今日は梅の精といったところか。

「桜木のもとで出逢《であ》ったからね。……あのとき、左右の振り分け髪につけた紅《あか》いりぼんが似合っていて可愛《かわい》かった。そうだ、これからは深紅《こきべに》の君と呼ぼう」

「まあ！　素敵なお名前。うれしいわ」

彼の唇が弧を描いた。

「それにしても見違えたよ。大人っぽくなったな」

そういう彼こそ、桜の精などと思えないほどに男らしくなった。豊子は急に恥ずかしくなって、扇で顔を隠そうとしたが、持ってきていない。袖で顔の下半分を隠した。

すると彼が背を屈《かが》めてのぞき込んでくるではないか。きっと、顔が真っ赤になっている。今は夜暗《やあん》がありがたい。

「おや、今ごろ隠しても遅いよ?」

ここに来て気づいた。子どものときの印象が強いのか、目下の者に対するものの言いようだ。豊子が尚侍だと気づいていない。

——なら、いっそ、ずっと気づかないでほしい。

不思議なことに、そんな感情が湧きあがってきて、自《おの》ずと言葉遣いも丁寧になる。

「陰陽寮の方が笛を吹いてらっしゃると聞いたのですが、桜の君は陰陽師なのですか?」

彼が何か考えるふうに瞼《まぶた》を半ば伏せてから、口角を上げた。

「私は、弁官を兼任した蔵人頭《くろうどのとう》、橘晴顕《たちばなのはれあき》だ。頭弁《とうのべん》と呼ばれている」

蔵人頭といえば、帝の筆頭秘書官で、今の頭弁は、帝の乳母子のはずだ。ということは、豊子の邸に泊まっていた晴顕の主《あるじ》は帝だったのだ。

「初めてお会いしたときのように、主上にお聴かせするために吹いてらっしゃったのですね。では、あの陰陽寮の話はどこから出てきたのでしょう?」

「さぁ。ただの噂だろう」

「なら、思い切って出てきてよかったですわ。こんなにすばらしい笛の音、ほかでは聴いたことがないので、もしかしたら桜の君ではないかしらと……」

晴顕が一瞬、目を伏せた。褒められて照れたのだろうか。

──可愛い！

年上の公達に失礼かもしれないが、慈しみたくなるような気持ちが湧き上がってくる。

──こんな感情、初めて……。

晴顕が顔を上げた。

「そういう君は弘徽殿の尚侍に付いてきた女房だろう？」

そのとき豊子は、なぜ文が届かなかったのか、やっと合点がいった。豊子が彼の正体を知らなかったように、桜の君もまた、右大臣邸で出会った女童《めのわらわ》が誰なのか確信を持てずにいたのだ。迎えに行く行かない以前の問題があった。

「そう……右大臣邸から付いてきました」

──尚侍だとわかったら、こんなに気さくにしゃべってもらえなくなるわ。

──私は今から女房になりきる！

「そうか。これから仲良くして……情報交換しよう。丁寧な言葉遣いはやめてくれ。初めて会ったときのように気安くしゃべってほしいな」

──これは好機《チャンス》！

「私、交換したい情報がいっぱいあるの」

晴顕が意外そうにわずかに目を開けた。大きく開けないところが上品である。

彼の美貌を舐《な》めるように見つめながら、豊子は話を続ける。

「ここだけの話にしてね？　右大臣様はご息女をきさきにしたいとおっしゃっているかもしれないけど、弘徽殿の尚侍は殿方から人気がないの。本当に全然！　多くの公達から憧れられるような貴女《きじょ》のほうが主上にはふさわしいと思うわ」

晴顕が目を瞬《しばたた》かせた。驚くのも無理のない内容である。

「深紅の君は、女房の風上にも置けないなぁ。主《あるじ》を下げるようなことを言うなんて」

――しまった。このままだと弘徽殿の女房の評判まで下げかねないわ！

「いえ、その……これは、私の主《あるじ》の願いなの。尚侍は結婚したくないのよ。主上だろうが神様だろうが、誰とも、ね」

――この話、届け、主上の耳に！

「どうして結婚したくないんだ？　右大臣殿のひとり娘が生涯独身だなんて、そうはいかないだろう？　誰か心に秘めた人でもいるとでもいうのか？」

晴顕の目つきが険しくなったものだから、豊子はしどろもどろ答える。

「な、尚侍は物語や日記をよく読んでいらして……殿方が浮気をしては妻を苦しめるのが見ていられないって、心苦しく思われているの。特に後宮は、多くのきさきが主上の寵を争うものだから、関わりたくないと」

「きさきはひとりしかいらない……と、主上がおっしゃっていた」

晴顕が真顔で妙なことを言ってくるので、豊子は呆れてしまう。

「そんな帝、今までいらっしゃったことがないわ。皇統が断たれてしまいかねないもの」

「まあ。そうだが……」

「でも、でもね。尚侍は、主上のために一生懸命働くつもりよ。まだしばらくは勉強が必要だけれど、お父上でいらっしゃる右大臣様のように主上をお支えしたいって」

――この言葉こそ、主上に届け！

「……そうか」

さっきまで不服そうだった晴顕が、一転して神妙な面持ちになった。

そのとき、ぶるっと背筋に悪寒が走る。豊子は両袖で自身を抱きしめて肩を縮めた。

「冷えてきたわ。また会えるわよね？」

豊子が見上げると、晴顕が「また笛を吹くから聴きに来て」と笑みで返してくる。

――今度の『また』は、本当にまた会えるの『また』よ！

「内裏《ここ》に知っている方がいて心強いわ」

「知っているって一回しか会ったことがないぞ？」

しかも最後に会ったのは三年前である。創作の桜の精とは違うのに、自分は何を言っているのだろうかと自問したのち、豊子は顔を上げる。

「訂正するわ。気を遣わず話せる方がいてよかった」

「遣えよ」

と、間髪置かず、晴顕が額を小突いてきたが、その声には笑いが含まれていた。

こんなことをされたのは初めてだ。両親にもされたことがない。物語で読んだ、貴公子と女房との気軽なやりとりのようで、胸がときめく。

晴顕が、ははっと笑い、「じゃあ、また」と言って、笛を吹きながら階を下りていく。

——なんて大きな背中なのかしら……！

豊子は小さくなっていく笛の音を聴きながら、額に手を伸ばす。彼の骨ばった長い指が触れたところが妙に意識された。

嘘《うそ》みたいだ。豊子は昨日まで、家族以外の男性と話したことなど、ほとんどなかったというのに、今、本物の貴公子と友のようにしゃべることができた。

——宮仕えって楽しい！

やる気がみなぎった豊子は翌朝、いとこの園子を訪ね、内裏の仕事について教えを乞う。宮中では皆、本名を使わないので、園子は源掌侍《げんのないしのじょう》と呼ばれている。いろいろ話を聞いた結論として、豊子は長官ぶって仕事に口を挟んではいけないと改めて思った。ここには三代の帝に仕えた七十代の掌侍など古参の女官たちがいるのだ。

とはいえ、長官として尽力したいと思うこともあった。帝の宣旨の文書化に時間がかかったり、尚侍と、次官である典侍《ないしのすけ》の間で情報が共有されていなかったりで困ることがあるそうだ。こういう職場の改善こそ長官の使命ではないか。

——早速、桜の君に相談してみよう。

そう思ったものの、夜遅くまで待っても笛の音が聴こえてこない。それもそうだ。毎夜、宿直《とのい》をするわけがない。再会できたとはいえ、今も桜の君とは、いつ会えるかどうかもわからない関係だと思い知る。

次の夜もそんな感じで、さすがに睡眠不足がこたえるようになってきた三日後の夜更けに、笛の音が聴こえてきて、豊子はよろよろと縁側に出た。東の空にようやく顔を出した半月の光は頼りなく、視界が悪い。

桜の君が曲がり角の欄干に腰かけて笛を吹いていた。ちょうど真上にある灯籠《とうろう》に照らされた彼は相変わらず涼しげな顔をしている。だが、豊子を認めると、笛を吹くのをやめ、相好を崩した。

その瞬間、眠気が一気に吹っ飛んでいった。

自ずとお互い、距離を縮めていく。

「吹くのをやめるなんて……主上にお聴かせしなくて大丈夫なの？」

「ああ。今日は主上のためでなく、あなたのために吹いたから。初めて会ったとき約束しただろう？」

——覚えていてくれたの……⁉

豊子が感動のあまり涙が出そうになったところで、桜の君が長い脚で大きく一歩踏み出し、耳元で囁《ささや》いてくる。

「人に見られたらいけない」

低く掠《かす》れた声に、豊子は密《ひそ》かに身震いした。

晴顕に手を取られ、豊子はあわや頭頂から噴火するかと思った。慌てて手を引っ込める。男性に顔を見せるのもはばかられるというのに、手を繋《つな》ぐなど言語道断だ。

「何もしやしない。ここだと風邪をひいてしまうだろう？　暖かいところに案内するよ」

どこかに連れ込まれるということだろうか。

「それはいよいよ、よくないわ」

豊子は胸のあたりで両手の指と指を組み合わせて、自身を守るような体勢になる。

「へえ？　どんなよくないことを想像しているのか教えてくれるかな？」

――この人、結構いい性格してない⁉

「け、結婚前にしてはいけないことよっ」

豊子は、ぎゅっと目を瞑って言い放つ。自分が彼のような美しい公達の恋愛対象になるわけもないのに、自意識過剰のようで恥ずかしい。

晴顕にからかわれるかと思ったら、何も反応がないので、ゆっくりと目を開けると、晴顕が笑いをかみ殺すようにきゅっと唇を閉じていた。

「でも、ほら、仕事を始めたばかりの女房としては、気を遣わないでいい相手、しかも主上をお小さいころから存じ上げている私に何か聞きたいことがあるんじゃないかな？」

豊子は、はっとした。そうだ。自分は主上のために働く女官なのだ。

「そう。聞きたいことがあるの」

「なら、ついて来なさい」

晴顕が踵を返してこちらに振り返り、顎をくいっと上げた。

――何、今の……かっこよかった……。

晴顕には、人を従わせる威厳が備わっているように思える。貴公子とは皆、こういう感じなのだろうか。豊子は負けじと凛々《りり》しい表情を作って晴顕に付いていく。

案内された後涼殿《こうりょうでん》の一室は、すでに高燈台《たかとうだい》に火が灯《とも》してあって明るかった。高燈台とは、油の入った皿を長い竿《さお》で支える、背の高い照明器具である。

「あら？　ここ、暖かいわ」

「火桶《ひおけ》があるからな」

「もしかして、ここは宿直所《とのいどころ》なの？」

宿直所は官人たちが夜勤するところだ。豊子は見学するような気持ちで部屋を見渡すが、立派な文机と脇息がひとつあるだけで、違和感を覚える。

「ここは私専用の宿所だ」

「まあ。主上から特別にたまわったのね？　すごいわ」

躰が温まると、豊子の警戒心もゆるんでいく。

晴顕が畳のほうに手を差し出したので、豊子はそこに座った、晴顕は立ったままで、几帳の横木に手を置く。

――背が高いから几帳が低く見えるわ。

「今さら、間に几帳を立てなくていいよな？」

普通、男女が話すときは、顔が見えないよう、御簾や几帳で隔てるものだ。つまり今、豊子は常識外れなことをしている。だが、逆を言うと、尚侍が頭弁に直接顔をさらす機会などないから、今後、ごまかしが利《き》く。

――今は、お姿を見ながら話したいわ。

三年間、もう一度会いたい、せめて顔だけでも見たいと思い続けた相手が今、目の前にいるのだ。

とはいえ、さすがに恥ずかしく、豊子は伏し目がちに小声で「はい」とだけ答えた。

晴顕が満足げに口角を上げ、豊子と向かい合って腰を下ろす。一歩踏み込めば触れそうなくらいの近さだ。しかも、高燈台の灯りは月の光よりも明るい。晴顕の、外側に向かって伸びる長い睫毛と筋の通った鼻が彼の頬に影を落とし、独特な趣があった。

逆に考えると、豊子の顔かたちが、晴顕からはっきり見えているということだ。

豊子は顔を熱くする。

――やっぱり、几帳を置いてもらえばよかった。

「弘徽殿の尚侍は毎日のように温明殿《うんめいでん》の内侍所に通っているそうだな」

――側近の晴顕が知っているということは主上のお耳にも入っているのよね。

「ええ。少しでもお役に立てるならと清書に励んでいらっしゃるの。あと、向学のために、女官たちからお話を聞きとっているわ。そこで気になることができたそうよ」

「気になること？」

「ええ。主上から下された宣旨をすぐ蔵人に伝えても、文書化に日数がかかるときがあって、まるで自分がさぼっているみたいだとぼやいている方がいたそうよ。桜の君は蔵人頭《くろうどがしら》でいらっしゃるから何かご存じかしら」

園子から聞いたとわからないよう、豊子は話をぼかして伝えたのだが、そうしてよかったと思った。一瞬だけとはいえ晴顕が目を眇《すが》めたからだ。しばらく沈黙が訪れた。

――殿方の仕事の領域に入り込んで、差し出がましかったかしら。

豊子が少し不安になったところで、晴顕が口を開いた。

「……それは蔵人のせいではない。弁官局で時間がかかっているんだ。主上にそれとなく伝えておくよ」

「ありがとうございます。内侍所の方々は主上のために一生懸命働いていらっしゃるので、そこもぜひお伝えしてね」

「ああ。女官たちの心意気は伝わってきたよ。ほかにも尚侍が憂いていらっしゃることはあるのかな?」

「あとは……あの、尚侍と典侍の間で情報が共有されていないことがあるようで……」

「それで?」

――これ、内侍所の中での話で、主上や頭弁殿にどうにかしてもらう問題じゃないわ!

今になってそう気づいた豊子は頭の中を急回転させて解決法を考えた。

――そうだわ!

「お菓子を持ち寄ってみんなでもっと仲良くなろうと思って……いらっしゃるみたい」

「仲良く……?」

そう聞き返され、豊子はしまったと思う。子どもの遊びではないのだから、もっと違う表現をしたほうがいい。

「正確に申しますと、定期的な会合を持ち、情報共有に務めるべきと思われたそうです」

晴顕の口元がゆるんだ。

「仕事の話になると、丁寧な言葉遣いに戻るんだな」

「あ」と、豊子は恥ずかしくなって両袖で顔半分を隠した。

「好きな物語について語っているときも、急に早口になって言葉遣いが丁寧になるって言われたことがあるわ」

　ははは、晴顕が目を細めて笑った。こんな表情も雅《みや》びだ。

「つまり、真剣なときだ」

「……そういうこと……かしら？」

　顔がますます熱くなって、袖で覆って目だけ出した。

　──やっぱり几帳を立ててもらえばよかった。

　帝にこんなことを気やすく頼めるなんて、晴顕はよほど信頼されているのだろう。帝と
「主上に頼んで、皆が飛んでくるような特別なお菓子を弘徽殿に届けてもらうよ」

いえば、会を開くうえで気になることがあった。豊子は声を落として尋ねる。

「雷鳴壺《かんなりつぼ》の尚侍様は、おきさき候補なのですか？　もしそうならお菓子の会などにお呼びしないほうがいいかしら」

　雷鳴壺は襲芳舎《しゅうほうしゃ》の通称で、弘徽殿と同じく内裏の殿舎のひとつだ。

「むしろ、主上が直々に入内を希望された弘徽殿の尚侍のほうが、おきさき候補だろう？　ちなみに尚侍の宣旨は文書になるまで、ものすごく日数がかかった」

　晴顕が意味深なことを述べたが、豊子はそれより、おきさき候補という言葉で頭がいっぱいになっていた。

　豊子はカッと目を見開く。

「弘徽殿の尚侍に結婚願望がないこと、主上の耳に入れてくださったのよね⁉」

「そんな野暮《やぼ》なことはしないさ」

「野暮⁉　主上のおしあわせのためにも、ぜひお耳に入れるべきよ！」

「で、あなたは？」

顔を近づけられて、豊子はどきりとする。

「私の母は主上の乳母で、父は参議、私は頭弁で、詩歌管弦《しいかかんげん》に秀で、主上の覚えもめでたい。結婚するにはいい相手だと思わないか？」

――やっぱり、あのときの『迎えに行く』って求婚だったんだわ！

豊子は一瞬、舞い上がったが、現実を思い起こし、すぐに落下した。今、豊子は女房のふりをしていて、晴顕は、〝尚侍の豊子〟に求婚してくれたわけではない。

「わ、私は、一生、弘徽殿の尚侍にお仕えして結婚などしないつもりです」

そう言わないと、晴顕がうっかり弘徽殿の女房に恋歌でも送ってしまいそうだ。

――ここは絶対に断らないと！

豊子がそんな決意をしているというのに、晴顕が流し目を送ってくる。そのさまは妖艶《ようえん》ですらあった。

「三年越しの恋だからね？　そう簡単には諦められない」

――恋……⁉

豊子が十五のときから好いてくれていたなんて、前世の縁《えにし》が深かったとしか思えない。

「わ……私も、あのときからずっと……」

そう言いかけて、豊子は小さく頭《かぶり》を振る。

もし、告白するなら、自身が尚侍だと明かしてからにするべきだ。

――でも、桜の君が気に入っているのは、女房の私なのではないかしら……。

晴顕は、帝が当初、豊子を入内させようとしたことを知っていた。豊子の正体がわかっても、こんなふうに好意を示してくれるだろうか。

そう思うと、豊子は到底、自分が尚侍だと明かす気になれなかった。桜の君と親しく話せる夢のような時間を手離すことなどできない。

豊子は頬を上げて笑みを作る。

「恋だなんて、桜の君って、なんだか手練れた感じがするわ。主上が頭中将様《とうのちゅうじょう》と御所の外で遊んでらっしゃるって噂だけど、もしかしてあなたもなの？」

「主上には、そういう噂がある」

「こういう噂もあるわ。主上が男の人しか愛せないって。もしかして桜の君も？　それでこの三日間、笛の音がしなかったの？」

晴顕が目を瞠《みは》った。それでも優雅なのはさすがだ。

「は？　何を言い出すんだ。私はただ、仕事が忙しかっただけだ」

「そ、そうよね。でも、毎夜、今か今かと笛の音を待っていたら、寝不足になってしまって。せっかく会えたのに……もう眠くなってきたわ」

会えて安心したのか、豊子は急に眠気に襲われ、檜扇《ひおうぎ》で口元を隠してあくびをかみ殺す。

すると晴顕が顔を近づけてくるではないか。

「私と会うのがそんなに楽しみだったんだ？」

悪戯《いたずら》っぽい目でのぞき込まれる。

――近い、近すぎるわ。

豊子は檜扇で顔全体を隠した。

「今日も楽しかったわ。内裏のことをなんでも教えてくれるし」

「そうか。楽しかったのか。楽しいのは、好きの第一歩じゃないか？」

「え？」

驚きのあまり、豊子は檜扇をずらして目だけ出す。晴顕が真剣な眼差しを向けてきたので、どきっと心臓が跳ねた。

「私はあなたといて、楽しい」

――こういうこと、真顔で言う～!?

「そう……よかったわ」

「ああ、よかった」

屈託なく笑われるとは思ってもいなかった。彼の少年のような笑顔に見惚《みと》れていると、心音がどっどっと激しくなっていく。

――さっきから、私の心臓、どうしちゃったの！

「今日はもう眠ったほうがよさそうだな」

「あの……次はいつごろ会えそう？」

笛の音が聴こえなかった夜、このまま永遠に会えないのではないかと、どんどん考えが後ろ向きになっていった。豊子は自分の心を守るために、どうしても約束がほしかった。

「多分、しあさっては笛を吹けると思う」

「よかった。明日はぐっすり眠れるわ」

「あなたも、それほどまでに私に会いたいと思ってくれていたんだな」

晴顕が片方の口角を上げた。不遜にも見える表情だったが、豊子はときめきが止まらなくなって、うつむく。

――桜の君も私に会いたかったってこと……？

「それは……会いたかったわ」

「素直でよろしい。今度からは別れるときに次の約束をしよう」

「ええ、そうしましょう」

――今度からは必ず会える。約束なしに待ち続けた三年間はもう終わる！

そう思うと泣きたいぐらいうれしくて、豊子は顔を上げる。晴顕が豊子を慈しむようにじっと見つめていた。豊子は目が離せない。再び心臓の鼓動が速まり、言葉を発することも忘れてしまう。

――ずっとこうしていられたらいいのに！

翌日、豊子が前夜の晴顕の甘い言葉を反芻《はんすう》していると、午後になって弘徽殿に、蘇蜜煎《そみつせん》という白くてやわらかそうな四角いお菓子が届いた。帝の使いによると、尚侍と典侍の集まりがあると聞いたので届けに来たとのことだ。

――桜の君が早速、手配してくれたんだわ！

牛乳から作る蘇も蜂蜜もとても貴重なもので、豊子も食したことがない。しかも、これを贈られたということは、お菓子の会を帝が認めている証《あかし》になる。

頼まれてすぐ、珍しいお菓子を帝の名で届けることができるくらい、帝と近しい関係なら、晴顕は、弘徽殿の尚侍がきさきに向いていないことも帝に伝えてくれているはずだ。晴顕に豊子の正体を明かすのは、帝が豊子への興味を完全になくしたあとにすればいい。

――今は尚侍として、できることからやっていこう！

早速、お菓子の会の招待状を雷鳴壺の尚侍と典侍ふたりに届けたところ、皆、その日のうちに集まってくれた。帝からたまわった蘇蜜煎のことを書いたのが効いたのだろう。

豊子は、このとき初めて雷鳴壺の尚侍、藤原紫子《ふじわらのゆかりこ》と顔を合わせた。その名の通り、高貴な色である紫の濃淡を取り入れた衣重ねを見事に着こなしている。こんなに洗練された美しい女人を見たのは初めてだ。

――こういう方こそ女御になるべきだわ。

彼女の父親である前の左大臣、藤原兼嗣《ふじわらのかねつぐ》が存命であれば、きっと紫子は女御どころか皇后にだってなれたものをと、豊子は彼女の不遇《ふぐう》に想《おも》いを巡らせた。

雷鳴壺の尚侍は十年間も尚侍のままなのである。

豊子が皆に座るよう勧め、四人で輪を作った。それぞれの前に、女房たちが、蘇蜜煎をのせた脚長の器を置いていく。

「主上が、このたびのお菓子の会のために、お贈りくださった蘇蜜煎です」

豊子が告げると、尚侍が眉根を寄せたように見えたが、気にしても仕方ないので、豊子は「では、いただきましょうか」と継いだ。

典侍ふたりは、うれしそうに匙《さじ》ですくったが、尚侍は一拍置いてから、無表情のまま匙を取った。

――気にしない、気にしない。

豊子も口に入れてみる。

——おいしい！

それは、今まで食べたどのお菓子よりも、甘く、やわらかかった。舌の上で蕩《と》けるような食感も初めてである。

ふたりの典侍も、「天にも昇る心地でございます」などと言って大喜びだ。

ただ、雷鳴壺の尚侍は主流の藤原家出身だけあって、「亡き父の大饗《おおあえ》で、先帝から特別にたまわって食したことがあります」と言って、にこりともせずに食べた。

大饗というと大臣や宮家しか開けない大宴会である。気位が高そうなところもまた帝のきさきにふさわしい。

雷鳴壺の尚侍がこんな調子なので、典侍ふたりが気を利かせて最近の内裏での出来事などを聞かせてくれた。豊子は楽しかったのだが、雷鳴壺の尚侍はにこりともしなかった。

だが、そんな彼女にも、お菓子の会を定期的に開くことには賛同してもらえて、豊子は胸を撫《な》でおろす。

豊子はどんな会だって主催したことがなかったので、こうして人が集まってくれただけでとてもうれしく、翌夜、宿所で晴顕に感謝の気持ちを伝えた。

すると、晴顕ときたら「いよいよ私のことを好きになったか」なんてことを言ってくるものだから、返答に困ってしまった。

それからというもの、定期的にお菓子の会を開き、尚侍、典侍の四人で情報交換をした。

雷鳴壺の尚侍は相変わらずあまりしゃべらなかったが、毎回出席してくれている。典侍たちは内裏の裏の裏まで知っていて、豊子は興味津々で聞き入った。

約束の日は笛の音を楽しみにし、そうでない日の夜は、褥で上掛けをかぶって桜の君の顔を思い浮かべる。

端正な顔立ちが、豊子と話しているうちに、いろんな表情を見せていく。豊子をのぞき込む悪戯っぽい瞳、照れたように伏せた眼《まなこ》、瞼を下ろしぎみに口の端を上げる不敵な笑み、その唇は薄くも厚くもなく、整った形をしていた。

――あの唇が私の唇に触れたら……？

想像しただけで、豊子は今まで知らなかった感情で胸がいっぱいになる。うれしいような切ないような、いや、そんな言葉では到底表現しえない歓《よろこ》びに身を熱くするのだ。

――春を迎えた鶯もこんな気持ちで鳴くのかしら。

もとより、図書寮の書物が目当てで内裏に入った豊子だが、読書どころではなくなっていた。自邸の奥でじっとしているのとは違い、日々が目まぐるしく過ぎていくというのもあるが、何よりも、豊子自身が物語のような世界に入り込んだことが大きい。

――この経験をもとに、素敵な物語が書けたりして！

そんなある日、尚侍と典侍の四人で集まり、お菓子をつまみながらしゃべっていたときのことだ。頭中将、清原通俊《きよはらのみちとし》の使いが来た。頭中将は蔵人頭を兼任する近衛中将で、同じく蔵人頭である頭弁と対《つい》になる存在だ。文を見たところ、訪問の許可を求めるものだった。

雷鳴壺の尚侍が豊子に顔を向けてくる。

「あら、弘徽殿の尚侍、ご結婚に興味がないとのことですが、どちらで頭中将殿と親しくおなりですの？」

話し方に少し棘《とげ》があった。

「いえ、私も驚いておりますのよ。文のやりとりなど、したことがございませんもの」

豊子がそう答えると、横から典侍がこう言って、場をとりなしてくる。

「私たちが集まっているとお聞きになって参加したくなったのではありませんか？」

「まあ」と、目を瞠ったとき、尚侍の機嫌はもう直っていた。

「では、ご訪問をお受けしてよろしいでしょうか？」

三人が笑顔でうなずいてくれたので、豊子は使いを待たせて返事を書く。使いはそれを受け取ると、主のもとへ戻った。女房たちには、急ぎ、迎える支度をしてもらった。

御簾の奥に四人並んで座り、豊子が一息ついたところで、頭中将が現れた。

今日は晴れなので、御簾越しでも、表情まではっきりと見える。頭中将は少し垂れた眦《まなじり》が優しげな美形だ。眉がきりっと上がっているので凛々しさも備わっている。

——さすが、主上と女性人気を二分して、さらには男色の噂まで立つはずだわ。

「主上をお守りするという同じ使命を負っている以上、私も情報交換の必要があるのではないかと、会に交ぜていただきたく思い、駆けつけた次第です」

頭中将がもっともらしいことを言ってきた。

「あら、遊び人と噂の頭中将殿が、それだけの理由でいらっしゃるかしら？」

この中にお目当ての女性がいるのではないだろうかと、豊子がそう返すと、典侍ふたりがぎょっとした表情を向けてきたので、豊子は凍りつく。

——物語や日記では、このくらいの返しをする女性、結構いるんだけど……。

「これは手厳しい」

頭中将が破顔したものだから、三人が檜扇を広げて笑い始め、豊子はほっと息を吐いた。彼はもてるだけあって、人を喜ばせるのがうまく、そのあとも笑いが絶えなかった。

頭中将が去ったあと、典侍だけでなく、雷鳴壺の尚侍までどことなく満足そうな表情をしていた。典侍ふたりは、あの話はおもしろかったなどと振り返って盛り上がっている。

人を集めて楽しんでもらえるなんて、なんて素敵なことだろう。もしかしたら、思い出となって、ずっと心に残るかもしれない。自邸の奥に引きこもっていたら、こんな体験はできなかった。

女官たちを見送ったのち、豊子が脇息にもたれかかり、そんなことを思って悦《えつ》に浸っていると、良子が話しかけてきた。

「私どもも、かたわらで会話を聞いていて楽しかったですわ。頭中将様が微笑《ほほえ》むと、ものすごい色気が漂うって、みんなうっとりしていました」

豊子はいよいよ気をよくして、隣に座るよう、うながした。

「良子、私、自分でも意外だったのだけれど、宮仕えに向いているような気がするの。やりがいがあるし、毎日が楽しいわ」

「まあ、よろしゅうございましたわね。典侍のおふたりも、お菓子の会のおかげで、雷鳴壺の尚侍と話すのに気後れしなくなったとおっしゃっていましたわ。実は、姫様がいらしてから内侍所が明るくなったという評判で、私も誇らしく思っておりますのよ」

「本当に⁉　ものすっごくうれしいわ。……でもね、よく考えたら、物語を読んできたおかげなのよ。頭の中で、いつも物語の登場人物と会話して、予行練習してきたから」

良子が急に眉を下げ、心配げに忠告してくる。

「……物語のくだりについては、ほかの方には明かさないほうがよろしいかと……」

それ以来、頭中将が度々訪ねてくるようになった。

頭中将は、ほかの尚侍や典侍がいるときは世間話しかしないのに、豊子ひとりのときに限って「どのような公達がお好みなのですか」、「結婚したくないとのことですが、主上からお召しがあったらどうなさいます？」などと、色恋がらみの話を振ってきた。

さすが色男と噂されるだけはある。きっと、女人とふたりきりになったら、どこでもすかさず、こんなことを言っているのだろう。だが、これは豊子にとって光明だった。

帝に近しい蔵人頭である頭中将が弘徽殿の尚侍を口説けるということは、同じく蔵人頭の頭弁、晴顕とて、尚侍と恋愛できる立場にあるということだ。

そもそも、帝の本命はむしろ、この頭中将かもしれない。頭中将の麗しい笑みを眺めながら、豊子はそう思った。

――次に桜の君に会うとき、今度こそ本当の身分を打ち明けよう。

そう決意したものの、会う約束をした夜になると緊張してくる。笛の音がしたときには、心臓がどこかに飛んでいくかと思った。

だが、その夜の晴顕はいつになく不機嫌で、豊子が正体を明かして大団円という筋書きになるとは到底思えなかった。

無言の晴顕に手を引かれ、豊子は宿所に入る。

いつもなら優しげな笑みを浮かべ、慈しむような言葉をくれる晴顕が、畳座に座るなり、むっつりとして腕を組み合わせた。

「弘徽殿の尚侍だが、頭中将と噂になっている。本当のところはどうなのだ」

――やっぱり噂になっているんだわ！

恋の噂で自分の名が挙がる日が来るなんて、豊子は思わず笑ってしまう。

「まあ。噂って、こんなふうに生まれるのね」

「呑気だな。きさき候補なのに、主上のご不興を買っても知らんぞ」

吐き捨てるように言って晴顕が視線を逸《そ》らす。

——いまだに、きさき候補なの、私⁉

もしかしたら、頭中将は、晴顕ほどは帝の内情を把握していないのか、意向を知っていても頓着しないのか。はたまた、帝の思い人と思うと余計に盛り上がる手合いなのか。

——やっぱり、まだ、晴顕に身分を明かさないほうがいいわ。

正体を明かしたら、今の関係が崩れてしまうかもしれない。

「言ったでしょう？　弘徽殿の尚侍は、きさき候補から外していただけるのなら本望だと。仕事のほうでご不興を買ったら、落ちこまれるでしょうけど……」

豊子が、敢《あ》えて明るく応じたというのに、晴顕が黙り込んだ。豊子がそんなにも帝の不興を買っているとでも言うのだろうか。だとしたら、空恐ろしい気がしてくる。

「頭中将は遊び人だ」

「尚侍は恋愛に興味がないから大丈夫よ。ただ、頭中将様は見目麗しく、皆を楽しませるのが上手だから、今後も訪問を受け入れると思うわ」

「そうか。楽しいのか。その楽しんでいる〝皆〟とは誰だ？」

「女官や女房よ」

こんな腹立たしげな声を出せるのかと驚くぐらい、押し殺すような低い声だった。

「弘徽殿の尚侍も、だろう？」

──えーっと、私は今、女房だから……。

「そうね。おふたりの尚侍も楽しそうで……」

話し途中で、豊子は遮られた。それは一瞬のことだった。晴顕が大きく前に踏み込み、豊子を抱えるようにして畳に押し倒してきたのだ。

「……おまえは……男がわかっていない」

真上で、晴顕が目を眇めていた。おまえなんて呼び方をされたのは初めてだ。

──この人、誰？

豊子が知っている、知っていると思っていた晴顕とは全く違う。

「おまえは……自分の魅力がわかってない」

晴顕が憎々しげにそう言ってくる。

──なんでこんなに嫌われているの？

「か、帰ります」

豊子は怖くなって彼の胸を思いっきり押した。それなのにびくともしない。ここまで力の差があるなんて思ってもいなかった。脚をばたつかせても袍の厚い布地が波打つだけだ。

──怖い！

まさか貞操を奪うつもりなのだろうか。物の怪に取り憑《つ》かれたとしか思えない。帝の不興を買うから尚侍が頭中将と親しくするのはよくないと晴顕は説いているが、彼が今しようとしていることは不興どころでは済まない。

「声を出して人を呼ぶわよ！」

豊子が鋭い眼差しを向けたというのに、晴顕が例の不遜な笑みを浮かべた。

「呼んだらいい。それができるなら」

「ずるいわ！」

そもそも、人を呼んで、尚侍がこんなところで男性とふたりきりだなんてばれたら、とんでもない醜聞である。

晴顕の顔が近づいてきて、豊子は突っぱねようとしたが、両手を取られ、床に磔《はりつけ》にされた。豊子が好きだった長い骨ばった手が今や、豊子を捕らえるために使われている。

唇にやわらかいものが押しつけられた。

――これは……くちづけでは⁉

豊子が顔を振って唇を払ったが、彼の顔は依然として鼻が触れるくらいの近さにある。

相変わらず美しいが、その眉間には不機嫌に皺《しわ》が寄り、咎《とが》めるような目つきだ。

豊子の眦《まなじり》に涙が溜《た》まる。想像していた初めてのくちづけは、愛情が高まった末に行われる優しいものだった。そう思うと、涙が堰《せき》を切ったようにあふれ出す。

「……この私に抱かれるのがいやだとでも？」

まるで拒む女人などいないかのようなもの言いである。

「いや、いやよ！」

彼の眉間の皺が深くなった。

「こんなところまで、のこのこ付いてきておいて？」

「だ、だって、私、桜の君のこと、仕事仲間だって。いっしょに主上、ひいては国を支えるんだって、誇らしく思って、毎日やりがいがあって楽しくて……それなのに、こんなことが目的だったなんて。主上のお気に入りだからって偉《そ》そうに」

晴顕が急に、はっとした表情になった。豊子に誘られたのがこたえたのか。上体を起こし、無言で豊子を見下ろしていたが、豊子を見ていない。記憶をたぐり寄せるような遠くを見る目をしている。

「無理強いしてすまなかった」

そう言って豊子を抱き起こすと、晴顕は何かを吹っ切るように勢いよく立ち上がった。

「……当分会わないほうがいい」

彼の瞳が切なげに揺れる。

こんな表情をされたら、豊子の中から腹立たしい気持ちが消えていくではないか。

「頭を冷やしてくる」と、晴顕が踵を返して出ていった。いつもなら、弘徽殿まで見送ってくれる彼が先に——。

豊子は呆然《ぼうぜん》として、開いたままの妻戸を見つめていた。

第二章　追憶の春宵《しゅんしょう》

桜の君と呼んでいるその男こそ、今上帝《きんじょうてい》、敦行《あつゆき》であるとも知らずに、昨晩、豊子は敦行にこう言った。

『主上《おかみ》のお気に入りだからって偉そうに』

――あの言葉はこたえたな。

母方の祖父にして当時、左大臣だった藤原兼則《ふじわらのかねのり》の権勢のおかげで、敦行は十歳にもかかわらず、年上のいとこを押しのけて即位することができた。たとえ皇子とて、有力な外戚がいないと即位は難しい。

だが、その年に外祖父、兼則が、翌年には外伯父、兼嗣が亡くなり、兼嗣の弟である兼政が摂政《せっしょう》となった。摂政とは、帝に代わり、政《まつりごと》を執り行う者を指す。

次々と後見を失った少年帝、敦行にとって、兼政の存在はありがたかった。だが、成長するにつれ、徐々に異なる面が見えてきた。

労せずに摂政という、貴族にして最高の地位を得た兼政は、帝の権力を笠《かさ》に着て、やりたい放題。己《おのれ》の利権だけを追求し、国益を鑑《かんが》みる気など欠片《かけら》もない。

兼政の行状について苦々しく思っていた敦行だが、昨夜、自身もまた奢《おご》っているところがあると、豊子によって気づかされた。帝という衣を脱いで、ただの公達《きんだち》になって初めてわかったのだ。

敦行は今、頭中将《とうのちゅうじょう》、清原通俊の牛車に乗り、御所の外へと出たところだ。帝が御所から出るときは牛ではなく、多くの人に担がれた輿《こし》に乗って仰々しく移動するものだが、今日はおしのびで、烏帽子《えぼし》に狩衣《かりぎぬ》という動きやすい恰好をしている。これは宮中では着用が許されない軽装だ。

訳あって、中流貴族が乗るような網代車《あじろぐるま》に、通俊と向き合って座っている。牛車は輿とは違って揺れが激しいが、敦行にしてみれば気軽に出かけられる公達が心底うらやましいというのが本音だ。

「主上、今晩は、笛をお吹きになることができず、残念でしたね」

通俊が身を乗り出してきた。御簾越しに入る松明《たいまつ》の灯りが通俊の顔を横から照らし、昼間、内裏《だいり》で見かけるときより艶《えん》である。

『頭中将様は見目麗しく、皆を楽しませるのが上手だから』と、興奮気味に話す豊子を思い出しただけで、不快な気持ちがせり上がってきた。

——私としたことが自分の心を制御できなかった……。

あんな気持ちは初めてだ。

今まで敦行は、兼政にどんなに腹立たしいことをされても、気にも留めていないふりをして生きてきた。それが彼の帝としてのなけなしの矜《ほこ》りだ。臣下相手に本気で怒ったりしない。兼政は、あくまで臣下なのだ。

それなのに、豊子が通俊を褒めているのを聞いていたら、怒りとやるせなさと欲望がないまぜになったような感情に襲われ、気づいたら豊子を組み敷いていた。豊子が帝への忠誠について語らなければ、無理やり操《みさお》を奪っていたかもしれない。

——私は最低だ。

あのあと、ようやく気づいた。豊子に恋心をちらつかせたことはあっても、ちゃんと伝えていなかった。恋の歌のひとつも贈っていない。それなのに、嫉妬のあまり、いきなり力まかせに躰を押さえつけたのだ。

——いやがられて当然だ。

豊子にかかると自分が自分でなくなっていく。今だってそうだ。彼女の華やかな香を思い出しただけで、あの豊かな髪をわしづかみにし、艶《あで》やかに重ねられた衣を剝《は》ぎ、華奢《きゃしゃ》な躰を暴いて壊したいような激情に駆られる。

そのとき、口惜しそうに涙を浮かべた豊子の顔が浮かび、やるせない気持ちになった。

——私は豊子の笑顔が好きなんだ。

彼女には笑っていてほしい。なのに、なぜあんなに急《せ》いてしまったのか。

——豊子が内裏に入ってきてから、毎日が楽しかった。

豊子が自分を公達だと勘違いしているのには驚いたが、いっそ公達になれればどんなにいいか。豊子の本音が聞きたくて、乳母子のふりをしてしまった。

だが、晴顕の名を騙《かた》ったことを後悔してはいない。本音を知って相手のことを嫌いになることなどよくあるが、豊子は違う。本心を知れば知るほど魅力的になった。

会ったことのない帝《わたし》とは結婚したくないが、桜の君《わたし》には好意を寄せている。仕事歴の長い掌侍《ないしのじょう》を尊敬し、尚侍《ないしのかみ》だからといっていばり散らしたりせず、なんとか役に立ちたいと思っている。

尚侍は、長官とは名ばかりの閑職だ。清書という自分の仕事を見つけて、それにいそしむ尚侍なんて聞いたことがない。

人の役に立とうとするその心掛けはすばらしいし、実際、彼女は達筆なので、内侍所で重宝されていると聞く。

「主上、どうかなさいましたか？」

通俊に不思議そうに顔をのぞき込まれた。そういえば、笛について問われていた。

「毎夜、笛を吹いているわけにもいくまい」

「弘徽殿《こきでん》の尚侍は、主上が気に入られるのも納得ですね。可愛らしい声をしているし、利発で、しかも能書家でいらっしゃいます。お顔も美しいそうですね」

「おまえ、最近、弘徽殿に入り浸っているらしいじゃないか？」

その噂を、豊子のいとこである源掌侍から聞いて、嫉妬のあまり下手《へた》を打ったなんて体《てい》たらく、通俊には絶対に知られたくない。

「なんだかお言葉に棘がありますね。主上ご執心の尚侍がいらっしゃる弘徽殿を、内偵しているのですよ。変な虫がついてからでは遅いですからね」

「そんなこと、私は頼んだ覚えはないぞ」

「主上のお役に立ちたく、自主的に動いているのです。尚侍は、なんと笛が得意な方がお好みだそうですよ。ご自身は琴を弾いて合奏したいとか。琴がお上手なようですね」

――豊子が好きな男は、笛の得意な桜の君、つまり私だ。そんなこと、知っている。

「おまえは、あちこちで女を作って……。本命はいないのか？」

「父は右大臣の娘を私の正妻にしたかったようですが、今や尚侍で、主上のお気に入りですから、そうもいきますまい。それより……」

頭中将が身を乗り出してくる。

「情報収集のために弘徽殿に行って、思わぬ見つけものがありましてね？　雷鳴壺《かんなりつぼ》の尚侍ですよ。偶然、渡り廊下で出くわしたとき、顔が檜扇《ひおうぎ》で完全に隠れてなくて、美貌を垣間見れたんですよ。年上の熟した色香があるし、気高い感じがたまりません。主上の〝添《そ》い臥《ぶ》し〟だったので、てっきり女御《にょうご》になるものかと思っていたのですが……？」

添い臥しとは、大人になる儀式である元服を行った皇子に、その夜、添い寝する公卿《くぎょう》の娘のことだ。

「私は代々の帝の中でも最年少、十一歳で元服したから、文字通り添い寝だ。何もないし、その後も誤解されないように、一度も雷鳴壺を訪ねていない」

「しかと聞きましたよ。雷鳴壺の尚侍に懸想文をお送りする許可が下りたと考えてよろしゅうございますね？　主上の添い臥しでいらっしゃいますから、正妻に迎えますので」

「紫子は、女御どころか皇后になるべく育てられてきたから、相当、誇り高いぞ」

「そこがいいんですよ！」

間髪置かず、頭中将が興奮気味に言ってきた。いろんな女を遊び歩くと、最後には、こういう手強《てごわ》い相手を求めるようになるものだろうか。

「おまえの父親がずっと参議のままで中納言《ちゅうなごん》に昇進しないのは、紫子の一族のせいだというのにな」

敦行が皮肉っぽく言ったというのに、頭中将がきっぱりとこう返してきた。

「雷鳴壺の尚侍の叔父、関白《かんぱく》兼政殿は、主上の外伯父でもあられますし、そんなことを気にしていたら、誰も好きになれなくなります」

敦行は頭中将のこういうところが好きだ。

「うん、それもそうだな」

その藤原氏の血は敦行の中にも流れていて、敦行は伯父どころか母親をも敵視しているのだから。

「父が参議止まりなのに、私を頭中将にまで取りたててくださった主上には心から感謝しております」

「いや、おまえを頭中将にできてよかったよ」

兼政には、仲良しをそばに置いておきたいとわがままを言う体《てい》で叶《かな》えたこの人事だ。

頭中将が真顔でこんなことを語り始める。

「今までの恋愛は、雷鳴壺の尚侍と出会うまでの予行練習だったのかもしれません。もちろん、ほかの女人たちも今後、面倒を見ようと思っておりますよ」

せっかく帝が感謝しているというのに、女の話に戻ってぶち壊しにするのも彼らしい。

「多情なおまえが羨ましいと思うことがあるよ」

――私など、ひとりしか欲しい女がいないというのに、悪手を打ってしまった。

敦行は、少し広げた檜扇を掌に打ちつけ、ぴしゃっと閉じた。

「何をおっしゃいます。内裏にいる数多《あまた》の女人は全て主上のものではございませんか。その中に本命の女人を入れるのも主上の意のまま。笛の音がしたら、弘徽殿から後涼殿《こうりょうでん》一帯に人が入らないよう私が見張らせていたのですよ。邪魔者は一度も来ませんでしたでしょう？」

通俊が得意げにそう言ってくる。

「だが、笛の音が陰陽師《おんみょうじ》の物の怪祓《ばら》いという噂は、やりすぎではないか？　まあ、弘徽殿の女房に懸想している公達と鉢合わせたりしたら面倒なことになっただろうから感謝しているよ」

「やはり、やりすぎと思われましたか？　ですが、まだ陰陽寮の者たちはいまだに名を騙られたことに気づいていないようです」

通俊が檜扇で口元を隠し、笑いを含んだ声でそう言ってくるので、敦行はこう応酬する。

「陰陽師たちは普段、全てお見通しみたいな顔をしているのにな」

敦行は通俊と笑い合った。

通俊は敦行の心強い味方だ。敦行が時の権力者である関白、兼政と敵対する心積もりであることを知ったうえで、右大臣の娘との間を取り持ってくれている。

敦行は兼政の前では、政《まつりごと》に興味がないから内裏は退屈だと、気晴らしで出かけているふうを装っているが、おしのびでの外出には思わぬ成果があった。外を見て回ったおかげで、内裏にいては気づかない、この国が抱える問題をたくさん知ることができたのだ。そういう意味でも、通俊には心から感謝している。

「あ、ここです。ここが関白殿と昵懇《じっこん》の小野《おの》貞世《さだよ》の邸です。関白殿の家来のような仕事までしております」

牛車が停まった。もとより小野邸の前に来たら、脱輪を装う計画だ。

牛飼い童《わらわ》が予定通り、脱輪したことを伝えてきて、敦行と通俊は牛車から降りる。車輪をはめる間、時間つぶしのふりをして、夕陽《ゆうひ》に照らされた小野邸を見て回った。下級貴族とは思えぬ豪邸だ。敦行はどこまでも続く築地塀《ついじべい》を見渡す。

「立派すぎやしないか。しかも広い。一町、いいや二町以上あるだろう？」

「ええ。自邸《うち》と張り合えますよ。財源はどこなんでしょうね。昨年まで二期も陸奥《むつ》の国司を務めていて、財を築けるとしたら、そこしかないので、相当しぼり取ったのではありませんか」

「これだけしぼり取れれば地元から訴えのひとつも来そうなものだが、陸奥は全くない」

「尾張《おわり》の農民たちの上訴をきっかけに、主上とこうして受領《ずりょう》階級の邸宅を見て回っておりますが、その中でも、この邸は飛びぬけて豪華ですね」

「やはり、尾張はあくまで一端にすぎないのだろうな」

敦行の言葉に深くうなずく通俊に、敦行は顔を近づけ、小声で話す。

「しかも、小野の今度の任地は近江国《おうみのくに》ぞ」

「藤原氏でもないのに、近江守《おうみのかみ》ですか？」

近江国は大国で実入りもよく、その国司となると、将来の出世が約束されたのも同然だ。

「そうだ。一体どれだけ兼政に賄賂《わいろ》を積んだのか」

「それにしても財源が謎ですね」

兼政には、この国を豊かにしようなどという気は毛頭《もうとう》ない。ただ、私腹を肥やし、威張り散らしたいだけだ。今、兼政は帝の外伯父にすぎないが、自身の娘を入内《じゅだい》させ、帝の外祖父になる野望を持っている。貴族なら一度は見る夢だ。孫である幼い皇子を即位させれば、この国を完全に意のままにできるのだから。

——そうさせてなるものか！

幸い、兼政の娘はまだ九歳である。その娘が裳着《もぎ》を行う前に、兼政を失脚させればいい。見学を終えて牛車に戻ると、敦行はいつものように通俊の隠れ家に向かい、そこで朝まで話し込んだ。女遊びを装っている以上、女性数人を呼んでいるが、顔も合わせていない。

だが、こうやって通俊とふたりきりのところを見かけられたのか、あるいは兼政が敦行のおしのびを尾行しているのか、男色家の噂が立っている。それはそれで好都合なのだが、豊子にまでそんな疑いを持たれているとわかったときには、さすがに閉口した。

早朝、内裏に戻ると、敦行は後涼殿へと向かう。豊子との逢瀬《おうせ》に使った宿所は、実は、宿直のためなどではなく、おしのびの前後に敦行が着替えるための部屋なのだ。いつものように敦行はここで帝の装束に着替え、清涼殿へと渡る。

そのとき、梅壺のほうからやって来る兼政と鉢合わせた。梅壺は、庭に梅がある凝華舎《ぎょうかしゃ》という殿舎の呼称で、敦行の母親である皇太后の住処《すみか》だ。

兼政が恭しく礼をしてくる。

「主上、朝帰りでいらっしゃいますか？」

――おまえこそ、朝っぱらから母となんの密談か。

「ああ。きさきのいない身ゆえ、外に女人を求めるしかなくてね」

「おかしなことをおっしゃいます。内裏にいる女人全てが主上のお越しをお待ち申し上げておりますでしょうに」

「これでも気を遣っているのだ。内裏《ここ》で皇子がたくさん生まれたら、関白殿も困るであろう？　とはいえ、私も二十一。正直、そろそろ身を固めたい」

兼政の瞳が鈍く光った。

「私としては、三年後、娘が十二歳になり、裳着を行った暁に、女御として入内させていただければ、それで十分にございます」

――入内など、絶対にさせはしない！

そんな決意はおくびにも出さず、敦行は眠たそうな眼《まなこ》を兼政に向ける。

「関白殿、皇太后《はは》のご機嫌はいかがだったか？」

「それは、ご機嫌麗しゅう。ただ、主上のお渡りがないのを寂しがっておられました」

「関白殿が訪ねてくれるから、お寂しくはなかろう」

敦行は閉じた檜扇で肩をたたいて、あくびをした。兼政の前では、うつけでありたい。

「女人が寝かせてくれなくてな。わかるだろう？　では、のちほど朝議で」

「はっ」

にやけた口元を隠すかのように兼政が辞儀した。

敦行は清涼殿に入ると、寝所である夜御殿《よるのおとど》へと足を踏み入れる。

――女遊びはしていないが、あまり寝ていないのには違いない。

公務の前にひと眠りしようと、敦行は垂れ布で囲まれた御帳台《みちょうだい》に入り、横になって目を閉じる。だが、兼政と母親の顔が脳裏にちらついて眠れない。

母が身ごもって里下《さとさが》りしている間に、父帝が新たな女御を入内させたこともあり、母は出産後も、内裏に戻らず、実家の左大臣邸に里居《さとい》し続けた。そんな母のもとに、兼政はよくご機嫌うかがいにやって来たそうだ。

その後、ほかの女御の懐妊の話が出るたびに、母は不機嫌になったが、皇女ばかりが生まれ、敦行は唯一の皇子であり続けた。それなのに、敦行が八歳のとき、父帝が皇后に選んだのは母ではなかった。親王の娘を立后《りっこう》させたのだ。

母とて、母方の祖父は親王であったし、当時、父親は左大臣で、長兄は権大納言《ごんだいなごん》、次兄は中納言と、女御の中で最も有力な親兄弟を持っていた。一族は皆、恥をかかされた恰好だ。

自分が立后するとばかり思っていた母は物の怪に憑かれたように怒り狂った。敦行がかわいそうだ、あの女は皇子をお産みするなどと言って主上をそそのかしたのだ、と繰りごとを言っていたが、敦行は子ども心にわかっていた。息子のために嘆いているふうを装っているが、上面《うわっつら》だけだ。本当は、父、藤原兼則一家のためだ。殊《こと》に歳の近い次兄、兼政の出世に心を砕いている。

その二年後、父帝は急に倒れた。

僧正《そうじょう》や医師《くすし》、女官に囲まれた病床の父を見て敦行は衝撃を受けた。つい先日まで大きく見上げる存在だった父親が今は一回りも二回りも小さく見える。

敦行は涙がこみ上げてきそうになったが、唇をきゅっと結び、なんとかこらえた。

その父が皇子とふたりきりになりたいと人払いをして、敦行にこう耳打ちした。

『敦行、残念ながら、私はそなたの母を愛してはおらぬ。いや、そなたの母とて、家のためにきさきになったにすぎない。だが、そなたは賢く、私の皇統を継ぐのにふさわしい。私が成しとげられなかったこ……ぐ、うぅ』

父親が戻しそうになったのか手で口を押さえた。

『父上……今、医師を』

敦行が立ち上がろうとしたとき、父帝が敦行の袖をつかみ、目を見開いた。

『敦行、そなたは歴史を学べ。そして代々の帝の声に耳を傾けるのだ。さすれば自ずと進む道が見えるであろう』

『それは一体……どのような道ですか？　ち、父上が教えてくださらなければっ、わ、わかりま……せぬ』

うまく話せない。頬に滴が伝っていく。泣くなんておかしい。これでは父帝がお隠れになるようではないか。

『私にその時間は残されておらぬ。だから、学べ。私がなぜ急にこのようになったのか、自分の頭で考えよ。敵は近くで味方のような顔をしている。そなたも気をつけ……』

そこまで言って、父の手から急に力が失われ、瞼が閉じた。敦行は慌てて医師と僧正を呼びに出る。

父帝はその後、すぐに崩御された。まるで死期を察していたような最期だった。

敦行は十歳にして帝に即位する。

年上のいとこを押しのけて帝位につけたのは、ひとえに外祖父、兼則のおかげである。その兼則もまた敦行のおかげで摂政《せっしょう》になれた。だが、頂点を極めた兼則もまた半年も経たないうちに、この世から去った。

敦行は、ひたすら歴史書を読み込んだ。父帝の声そのもののように思えた。知識をつけて自分の頭で考えれば、父帝の遺言の答えを見出《みいだ》せるような気がした。

――身近な敵は誰なのか。何に気をつけるべきなのか。

二十一歳の今、敦行の中でその答えは出ている。

父帝がいなくなり、誰が得をしたのかといえば藤原兼則の一族だ。そして今、その生き残りの兼政は関白という貴族の最高位に就いている。

敦行は御帳台の入口から外に目をやった。呻《うめ》くような父の遺言を聞いたのはこの部屋だ。御帳台の四方に灯籠が下がり、部屋全体が琥珀《こはく》色を帯びている。室内に灯籠があるのは、御所でも貴族の邸でも、この部屋ぐらいだ。

歴代の帝の悲しみも憎しみも、この琥珀色の空間で生まれ、そして、夕焼けが闇に呑みこまれるように消えていった。

父の不穏な遺言を聞いたひと月後には、敦行は母后の住む梅壺を離れ、清涼殿で暮らし始めた。母親から離れて安堵《あんど》している己《おのれ》に気づく。そのとき、敦行はまだ十歳だった。

それから、敦行は帝として、公卿や博士、蔵人など大人に囲まれて過ごすことになる。

気が晴れるのは、笛を吹いているときぐらいだ。

あれは、どうしたら兼政の支配から脱することができるのかと悩んでいた十八のころだ。

敦行は、しきりに神社仏閣へ詣《もう》でた。目的は参詣《さんけい》ではない。陰陽師に方角を変えたほうがいいと勧められたという口実で公卿の邸に泊まることだ。公卿たちは自邸ということもあり、酒に酔えば本音が出る。藤原氏も傍流となると、兼政への不満をこぼす者も少なくない。

右大臣邸に泊まったときのこと。酒宴で、右大臣がただの好々爺《こうこうや》ではないことを感じ取った。関白を筆頭に中納言以上の公卿上層部は十一人いて、そのうち藤原氏でないのは右大臣、源実忠だけだ。兼政に不満を持っていてしかるべきなのに、愚痴のひとつも口にしなかった。

手を組む相手は、脇が甘い者では困るし、人がいいだけではだめだ。その点、右大臣は適任だった。帝が理想の政治を追求したければ、後ろ盾となる公卿が必要なのだ。

右大臣は一見、お人よしのようで、知識も実行力もある。だからこそ、藤原氏でもないのに右大臣まで昇進したのだ。敦行は、やっと求めていた人物を見つけたと思った。

そんなことを思案しながら、あくる朝、右大臣邸の桜の、二股に分かれた幹に腰かけ、横笛を吹いていると、笛の音につられて女童《めのわらわ》が縁側に出てきた。

きらきらしい瞳を大きく開けて何かに驚いている様子だった。聞いたところ、敦行を桜の精かと思ったと言う。そして、もっと聴かせてくれとせがんできた。

可愛かった。敦行が惹《ひ》かれた女人はあとにも先にも豊子だけだ。

──大人になったら、こんなふうに花開くのではないか。

──大人になっても、好奇心は失わずに瞳を輝かせているに違いない。

──早く大人になって、私のそばで笑っていてほしい。

こんな感情は、豊子に対してしか起こったことがない。

気に入った女人が、手を組みたいと思った右大臣の娘なんて、こんな幸運があるだろうか。あふれんばかりの花をまとった桜木を見なければ、鶯にでもなった気分で笛を吹きたいなどと思ったりしなかった。亡き父帝が引き合わせてくれたのかもしれない。帝には有力な外戚が必要で、右大臣を後ろ盾にするには、その娘を娶るのが最良の策である。

とはいえ、条件がそろっても、思うように運ばないのが人生だ。

豊子を入内させたいと相談したとき、右大臣は福々しい顔をほころばせていたというのに、翌日、一転して、暗い表情で現れた。豊子が入内をいやがっているという。

——帝のこの私が欲しているというのに、そんなこと、ありえるのか？

娘を帝のきさきにというのは貴族なら誰しも夢見ることだ。

右大臣に理由を問うても、娘が物語の読みすぎで内裏を怖《おそ》れている、結婚せず独身を貫きたいと固く決心しているなど、正鵠《せいこく》を得ない答えだった。

右大臣が、いつも笑っているような瞳を困ったように瞬《しばたた》かせて、恐縮している。これは、右大臣本人が、兼政と敵対するのを怖れているということなのだろうか。

そう勘繰ったとき、右大臣がこんな提案をしてきた。

『ですが、出仕には憧れがあるようでして、女官にはなりたいと……。尚侍であれば我が家の誉《ほまれ》となりましょう』

このとき、右大臣は思ったより策士ではないかと感じた。尚侍の枠はふたりなのに、長い間、ひとりしかいないままだし、女御として入内させるより、波風が立たない。

右大臣の娘を入内させるとなると、政治色が濃くなるのは避けられないと思っていた。だが、尚侍ならば、目的は官職の空席を埋めるためだという口実もできる。好みだったら女御にすることもあるかもしれないぐらいに、とらえさせられるのだ。

敦行は、この後、女御でなく尚侍にしてよかったとつくづく思うことになる。

というのも、秋には、尚侍の宣旨を下そうとしたのに、兼政の邪魔が入り、弁官局がなかなか文書にしない。文書にしたらしたで、兼政が陰陽師を担ぎ出して、この日はよくないなどと、したり顔で上奏《じょうそう》してくる。

結局、右大臣の手に宣旨が渡ったのは、あくる年、一連の正月行事が終わったあとになった。これが尚侍でなく女御だったら、兼政にどれだけ妨害されていたことか。

半年も待たされたので、豊子が内裏に入った数日後には弘徽殿に出向いた。

——笛を吹いていたのが帝だとは思ってもいないだろう。

驚かせてやろうぐらいな気持ちで渡ったというのに、間に几帳を立てられ、豊子は帝が誰なのか気付く様子が全くなかった。

それならそれで、笛の音で呼び出して再会するまでだ。

ところが、会ったら会ったで、今度は、豊子は敦行を公達だと勘違いして、気さくに話しかけてくるではないか。帝と明かしたら、この対等な関係が崩れてしまうのが惜しくて、敦行は頭弁《とうのべん》の名を騙った。

おかげで、豊子が本当に、物語の読みすぎで女御になりたくないことがわかって、笑ってしまうかと思った。右大臣の言っていたことは本当だったのだ。

この父娘は頭の回転がよく、忠誠心も厚いというのに、世俗と違う尺度で生きていておもしろい。そもそも、後宮の諍《いさか》いに関しては、物語と現実はそう変わらないから、豊子が警戒しているのは至極もっともなことだ。

——私は豊子しかだめだ。豊子以外はいらない。

だから、彼女の心が欲しかった。帝の女御《おんな》にするのは心が通じ合ってからにしようと考えていた。それなのに、嫉妬のあまり急《せ》いてしまった。

だが、まだ取り戻せる。

あの夜、いきなりだったので心の準備ができておらず、豊子は敦行を拒否しただけで、もともと、彼女は〝桜の君〟に惹かれていた。

今晩、笛を吹いて再会して謝罪し、そこで身分を明かせばいい。

——そうだ、もういい加減、公達ごっこは卒業だ。

だが、その晩、敦行が笛を吹いても、豊子は一向に姿を現さなかった。

第三章　光のどけき春の日に

『主上《おかみ》のお気に入りだからって偉そうに』

あの言葉は一介の女房が、帝の乳母子にして頭弁《とうのべん》である晴顕に言えることではない。

――偉そうなのは私のほうよ。

自分は、主上が入内《じゅだい》させようとした右大臣の娘だという奢《おご》りが豊子に、あったのではないか。

――それにしても、あの夜の桜の君は変だったわ。

豊子は今、褥《しとね》の中で晴顕のことを考え、寝つけずにいた。

彼と会ったのは二週間前、押し倒されたあの夜が最後だ。正確に言うと、あの夜を最後にした。あれ以来、笛の音が聴こえても出ていかないようにしている。

――あのとき、桜の君はいつもと違っていた。

では、前はどうだったのかと自問すると、頭に浮かんでくるのは、宝物のような思い出ばかりだ。

顔を見せてほしいと、豊子の顔をのぞき込んできた晴顕。笛を褒めたら、照れたように目を伏せた晴顕。気を遣えと、冗談めかして額を小突いてきた晴顕。

だが、その晴顕が力任せに豊子を押し倒した。そこに愛情はなく、憎しみすら感じた。ただ、今になって思い出されるのが、あのときの晴顕の切なげな瞳だ。

思い出すと、怒りより先に、きゅっと胸が締めつけられる。

――退散！

晴顕の生霊にでも取り憑かれたようで、心の中でそう祈った。あの夜以来、晴顕のことばかり考えてしまう。せっかく、出仕してやりがいを見つけ始めたところなのに、自分は何をしているのか。自分が自分でなくなっていく。

そして何よりも怖いのが、今度会ったら、自分がどうなるかわからない、ということだ。再び同じことをされたとき、ちゃんと抗《あらが》えるのか。

晴顕は『きさき候補なのに、主上のご不興を買っても知らんぞ』と、〝弘徽殿《こきでん》の尚侍《ないしのかみ》〟を批判していた。つまり、晴顕は知らず知らずに帝の不興を買うようなことをしている。

――私のせいだわ。

豊子が出来心で本当の身分を明かさず、女房のふりなどしなければ、こんなことにはならなかった。

そのとき、笛の音が聴こえてきた。

――晴顕のためにも、絶対に会ってはいけないわ。

そう決意しているはずなのに、笛の音が聴こえるたびに、すぐに飛び出して晴顕に正体を明かし、本当の自分を愛してほしいと希《こいねが》ってしまいそうな豊子がいる。

――聴こえない、何も聴こえない。

豊子は上掛けを頭までかぶせた。


そんなある日、見知った掌侍《ないしのじょう》が、今日は帝の使いであると、畏《かし》まって現れた。女御宣旨《にょうご》が下ったので、文書を持ってきたと言うではないか。

渡された巻物は仕様が、父親に見せてもらった宣旨と同じで、豊子は心臓がばくばくと拍動するのを感じた。広げると、『奉勅《ほうちょく》、女御』とある。つまり、今日、豊子は帝の女御《おんな》になったのだ。

豊子はしばし固まってしまう。良子に突《つつ》かれてようやく、「謹んで拝受つかまつります」と弱々しいながらも声を発することができた。

帝は一度会いに来たきりだ。そのくらい興味がないのに、右大臣の娘である尚侍を女御に指名した。関白《かんぱく》、兼政の娘はまだ九歳。彼女が成人するまでの繋ぎだろう。二十一歳の帝に女御がひとりもいないなど、おかしなことなので体裁を整える必要があっただけだ。

――晴顕に会いたい！

急にそんな想いが立ち、涙が滲《にじ》んできた。

これからは、儀式や行事のときに御簾越しに見ることぐらいしか、かなわなくなる。

――そうなる前にもう一度、もう一度だけ会いたい。

「……良子、琴を出してきてくれないかしら？」

「はい、今すぐ」

良子の指示で、琴が運ばれてきた。そういえば、内裏《だいり》に入ってから一度も弾いていない。

晴顕が今、内裏にいるかどうかわからないが、毎日弾いていれば、いずれ彼の耳に届くだろう。この弘徽殿は、頭弁が出仕する清涼殿のすぐ向かいにあるのだから。

弾く曲は『春鶯囀《しゅんのうてん》』だ。弘徽殿の周りに桜はないが、内裏の表にあたる紫宸殿《ししんでん》の庭の桜は今、咲き誇っていることだろう。晴顕に会ってから、四回目の桜――。

そのとき洟《はな》をすする音がして、豊子が横を向くと、良子が落涙しているではないか。

驚いて豊子は琴から手を離した。

「どうしたの？」

「……やはり、〝桜の精〟がお好きなのですね……」

良子が御簾の向こうの女房たちに聞こえないような小声でそう言ってくる。

「な……何を言い出すの？」

「姫様、夜、抜け出してらっしゃったでしょう？　あの笛を吹いていた方が桜の精なのですね。位《くらい》の高い貴公子のようにお見受けしましたが？」

良子が耳打ちしてきたので、豊子も小声で返す。

「そうなの。最近、笛の音がしても出て行かなかったら笛を吹いてくれなくなって。しかも私、女御になってしまったわ。最後に、どうしても一度だけでいいから……会いたい」

刹那、豊子の瞳からほろりと涙があふれた。自分の心に寄り添ってくれる良子の優しさが身に沁《し》みたのだ。

「姫様……」

「実は、私、桜の君と会うとき、女房のふりをしていたの。良子、公達《きんだち》から文《ふみ》は来てないかしら。もしかしたら、私を良子と間違えて文が届いているんじゃないかと……」

「どうしてまたそんなことを……。残念ながら、私に言い寄ってくる殿方はもっと身分の低い方で、そんな高貴な方から文をいただいたことはありません」

「そう……」

笛を吹いても豊子が出てこないものだから、晴顕はほかの女人に心移りしてしまったのかもしれない。

豊子は小さく頭《かぶり》を振り、とにかく琴を弾くことだけに集中することにした。

その夜、笛の音が聴こえてきたときは跳び上がるかと思った。しかも、琴の音に合わせて『春鶯囀』である。まだ晴顕は豊子を憎からず思ってくれているのだろうか。豊子が妻戸のほうへ膝をにじって進んでいくと、戸の前に人影があり、ぎくりとした。

「姫様」と、良子の囁き声がして豊子は胸を撫でおろす。良子が横目で豊子を見て小さくうなずき、そっと妻戸の閂《かんぬき》を外してくれた。

通り過ぎるときに「ありがとう」と小声で伝えると、「今日が最後ですから。お別れを告げてくださいまし」と釘《くぎ》を刺された。

――お別れ！

ずきんと心が痛む。良子が協力してくれるのは、今宵《こよい》を最後にするという約束だからだ。女御宣旨が下った以上、顔を見たことがない帝でも、豊子はきさきである。こんな遅い時間に人目を忍んで公達に会いに行くなんて許されない。

――良子の心意気に応《こた》えて、ちゃんとお別れを告げないと。

豊子は縁側へといざり出る。

今日は月のない夜で、光源といえば、軒のところどころに釣ってある灯籠の光ぐらいだ。秘密の逢瀬には、ありがたい暗さである。笛の音がいつもより近い。顔を上げたら、すぐそばの欄干に軽く腰かけ、横笛を吹く晴顕がいた。良子は気持ちが急いて立ち上がる。晴顕も駆け寄ってきて、気づけば、どちらともなく抱き合っていた。

「深紅《こきべに》の君、会いたかった」

「私も」

晴顕が少し上体を離して、顔をのぞき込んでくる。

「本当に？　笛を吹いても出てきてくれなかったから、怒っているのかと」

「だって……桜の君が桜の君じゃないみたいで怖かったから……」

「すまない。あのとき、どうかしていた」

晴顕が頬を寄せてきた。あまりに自然とそうなったので、豊子はなされるがままだ。頬だけでなく、心まで温まる。

「きっと物の怪のせいね」

「ああ、もう祓《はら》ったから大丈夫だ。ここは寒い、行こう」

晴顕が豊子の手を引いた。力強くて大きな手だ。

宿所の前まで来ると、晴顕が片手で妻戸を開け、先に豊子を招き入れた。こんな立派な部屋を、帝が暮らす清涼殿に連なる後涼殿にたまわるなんて、晴顕は帝から相当信頼されている。それなのに今、晴顕は知らずに帝を裏切っている。

――こんなことになったのは、全て私のせいよ。

さよならを告げるのは真実《ほんとう》の自分を明かしてからだ。豊子は、弘徽殿の女房ではなく、女御だと――。

そう意を決して見上げたのだが、晴顕の顔を目の当たりにして豊子は二の句が継げなくなる。

晴顕が後ろ手で妻戸に閂《かんぬき》をかけながら、豊子をじっと見つめていた。切なげな、愛《いと》おしげな、それでいて熱い眼差しで――。

こんな表情を見たのは初めてで、豊子はうろたえてしまう。

晴顕が一歩前に踏み込み、豊子の両手をまとめて大きな手で包み込んだ。

「鶯の木《こ》がくれ伝ふ花だにも霞《かすみ》に飽かぬ宵々《よひよひ》の夢」

――鶯が枝々を伝っていく桜の花。その花さえ霞に隠れ、満足に見えずにいる。もっと見たい、その花に惹きつけられてやまない、そんな夢を夜ごとに見ている。

初めてもらった恋歌に、豊子は心震わせる。自然と口から返歌がこぼれ出た。

「見ればまたなほ見まほしき花影に羽風な寄せそ遊《すさ》ぶ鶯」

――見ればまたいっそう見たくなる桜の花。花影に遊ぶ鶯よ、無邪気に羽風を寄せないで。囀《さえず》りは聴いていたいけれど、花を散らす風は慎んでほしいの。この桜を永遠のものとしたいから。

「深紅の君、……私は、あなたを愛している。ここのところずっと、あなたのことしか考えられないでいた。あなたを妻にしたい」

「あ、愛？　私も桜の君のことばかり考えていたわ。十五歳のころから、ずっとよ」

口にしたとたん、豊子の中で三年間、積み重ねてきた想いが怒涛《どとう》のように押し寄せてくる。

桜花のもと、鶯が春を告げるように、豊子に恋を教えてくれた桜の君。そして、夜暗の内裏で『あなたのために吹いたから』と、豊子の手を取った我が君——。

その彼が愛を告白してくれた。

どうして今日を最後にしようなんて思えたのか。

——そんなこと、できるわけないのに！

「あなたも……私と同じだったということか？」

一音一音を噛みしめるようにそう告げた晴顕が、豊子の片手をぐいっと引き寄せ、同時に腕を背に回して豊子を自身にもたせかける。

「ずっと……こうしたかったんだ」

つぶやくように言って、晴顕が抱きすくめてくる。豊子の全てを感じとろうとするように、ぎゅっと目を瞑っていた。

豊子は袍《ほう》のふくらみに頬を沈める。すると、ふわりと晴顕の香りに包まれた。とても複雑な香りだ。甘くもあり、辛くもあり、華やかなのに重厚でもある。晴顕の表情のように様々な面を持っていて、とらえどころがない。

——でも、どうしようもなく惹かれてしまう。

「私もよ」と、豊子が応《こた》えるやいなや、晴顕が跳ねるように躰を離した。何ごとかと思ったら、晴顕が手を伸ばし、豊子の頬を宝物にでもさわるようにそっと包んでくる。豊子の顔を上向かせ、唇を寄せてきた。

それは、初めてのときのように性急でも、強く押しつけられるのでもなく、ただひたすら優しかった。豊子は泣きそうになる。何度も夢想した全てのくちづけを束にしてもかなわないぐらい、しあわせだった。

唇が離れたとき、晴顕がうっすらと目を開けた。普段、彼がこんな目つきになると、不遜な印象になるのだが、今日は全く異なる。まるで豊子に酔っているかのような表情だ。

そんな目遣いをされただけで、豊子は放心してしまう。

すると、晴顕が豊子を後ろに少し傾け、上から覆うようにくちづけてきた。躰がえび反りになり、安定を失った豊子は彼の袖にしがみつく。

そのとき、半開きの唇の狭間《はざま》から舌が入り込んできた。

あまりに生々しい感触に驚き、豊子は顔を退《ひ》こうとしたが、離さないとばかりに晴顕がうなじを引き寄せる。大きく厚みのある舌で口をこじ開けられた。豊子の全身から力が抜けていく。背中が腕で支えられていなければ、その場に崩れ落ちていたことだろう。

豊子の口内を舐め回しながら、晴顕は豊子の五衣《いつつぎぬ》と単《ひとえ》をまとめて剝《は》がして床に落とす。豊子は彼の舌を受けとめるので精一杯で、それを気にする余裕などなかった。晴顕に、その大きな手で白小袖の上から胸のふくらみをわしづかみにされて初めて豊子は自身があられのない姿になっていることに気づく。

だが、彼の腕にがっしりと包まれた豊子にできることといえば、上体を小さく跳ねさせるぐらいだ。晴顕が絶え間なくくちづけを交わしてくる中で、抵抗などできるはずもない。胸の形を確かめるように撫で回されれば、先がきゅっとしこるような感覚が訪れた。

――なんだか……私の躰じゃない……みたい。

豊子の変化を感じとったのか、晴顕が顔を離した。名残を惜しむように、ふたりの間に蜜の糸が引く。躰から力が抜け、豊子が後ろに倒れると、その糸は途切れた。

豊子が彼の腕に背を預け、久々に呼吸したように荒い息をしているというのに、再び彼の顔が近づいてくる。半開きのままの上唇をちゅっと啄《ついば》まれた。優しい音だ。感触を楽しんでいるのか、晴顕は下唇をそっと食《は》んだかと思うと、唇全体をべろりと舐め上げた。

酩酊《めいてい》したような心地で唇の愛撫《あいぶ》を感じていると、彼が広げた片手で両の胸の頂点を布地の上からこすってくる。あまりの快感に、豊子は小さく喘《あえ》いで顎を上げた。豊かな髪がばさりと波打つ。

再び唇を覆われたとき、その拍子に豊子の躰がずるりと下がったが、彼の腕に脇下を支えられた。

晴顕が豊子の長袴ごとまとめて脚を持ち上げ、横抱きにしてくる。大股で数歩進んで畳に下ろすと、晴顕が豊子の躰をまたいで畳に両膝を突いた。

真上に晴顕の顔がきて、豊子はどきりとする。

――いけない。本当のことを伝えないと。

「あの……桜の君……」

「ん？」

聞き返しの声でさえ、こんなにも優しい。豊子を見下ろす彼の瞳はいつになく慈愛に満ちている。瞼から伸びる睫毛の長さがきわ立ち、耽美的《たんびてき》ですらあった。

豊子は胸を高鳴らせる。

――ときめいている場合じゃないわ。

「ずっと言わないといけないと思っていたことがあって……実は、私は、桜の君が思っている方とは違っ……」

言葉を遮って晴顕が再びくちづけてきたものだから、正体を明かすことができなかった。

唇で黙らせると、晴顕は片腕で豊子の肩を抱《いだ》き、上体を浮かせた。

耳朶《じだ》を口に含まれ、吸うように舐《なぶ》られれば、全身の膚《ふ》という膚が粟立《あわだ》っていく。ちゅっと耳から唇が離れた。

「あなたは……どこもかしこもやわらかい」

今度、唇が落とされたのは、豊子の胸のふくらみで、晴顕がその頂きを絹地の上から食んだ。それだけで、想像もしたことのないような愉悦に襲われる。

「あ……あぁ」と、豊子は口を半ば開けたままで、ぎゅっと目を瞑る。

「そんな顔は私にしか見せてはいけないよ?」

彼の切なげな声が、豊子の心を抉《えぐ》ってくる。豊子だってほかの男とこんなことをしたくない。だが、晴顕とは今日が最後だ。最後にするつもりだ。次にこんなことをするとしたら、相手は帝なのだから——。

想像して、豊子はぞくっと背筋を凍らせる。それだけはいやだ。こんなことは晴顕としかしたくない。できない。

「私だって、ほかの男性《ひと》に、見られたくない。見せたくない」

豊子は泣きそうになり、涙を見られまいと、晴顕に抱きつく。

晴顕に、強く抱きしめ返された。

「大丈夫。そんなことはありえない……だって私は……」

そのとき、妻戸をたたく小さな音が聞こえてきて、豊子は戦慄《せんりつ》した。内裏を警護している衛士《えじ》に、女御と頭弁の密通が露見しては大ごとである。

「早くお出になって」

良子の声だったのが幸いだ。だが、まだ安心できない。呼びに来たということは誰かに勘づかれたのかもしれない。

豊子は慌てて、単と五衣を取りに行こうと立ち上がる。それなのに、晴顕が座したまま、豊子の裾をつかんだ。

「は、離して。早く戻らないと」

「いやだ」と、即答して、晴顕は裾を離すどころか、もう片方の手で豊子の髪束を取り、髪の毛にくちづけて見上げてくる。その表情は不遜ですらあった。

「見せつけてやればいい」

窮地《きゅうち》だというのに、豊子も豊子で、艶《つや》めいた眼差しを目の当たりにして、ぞくぞくと官能に侵《おか》されていく。だが、なんとか声をしぼり出すことができた。

「こ、子どもみたいな……ことは……おやめに……」

「大人だからだよ？」

晴顕が即答し、毛束に頬を寄せてくる。

――このまま、全てを忘れて、流されることができたら……。

「早くなさって。気づいた女房がおります」

切羽詰まった良子の声に、豊子は、はっとして、自分を取り戻した。

「今すぐ行くわ」と、妻戸のほうに声をかけると、「やはりここでしたか」と、安堵の声が漏れ聞こえてきた。

——いえ、待って。

もし、妻戸が開いたときに、良子の声を聞きつけた衛士がやって来たら、晴顕は絶体絶命である。それなのに、晴顕は手に取った毛束に口をつけ、誘うように見上げている。豊子が女御と知らないとはいえ、少しは慌ててもいいのではないか。

「どうしてこの状況で平然としていられるの？　衛士が来るかもしれないわ」

——桜の君を隠さないと。

豊子は身を翻し、彼の手を振り切る。

すると晴顕が不満げに眉をしかめ、「帝だから大丈夫なんだ」と、告げてくる。

帝のお気にいりだからって、いくらなんでも油断しすぎである。

「そういう問題じゃないわ」

隠れるどころか、晴顕は不服そうな様子で、立てた片膝に腕をかけた。その手で扇を少し広げ、ぴしゃりと閉じる。あまりに堂々としすぎていて、うっかり見惚《ほ》れそうになった。

そのとき再び戸をたたく音が耳に入り、豊子は我に返る。

「あ、あなたは私が誰だか知らないから！」

晴顕の横に几帳があった。

豊子はとっさに几帳の端《つま》をむんずとつかむ。妻戸から見えなくなるよう晴顕の前まで移した。右大臣の娘としてはありえないことだが、女房なら、このくらいしてもいいだろう。

「ここに隠れていて」

そう告げると、豊子は晴顕に背を向けて衣を拾い、袖に手を通す。

「どうしても伝えたいことがある。そうしたら、あなたの不安も葛藤もなくなるはずだ」

豊子が振り返ると、几帳の向こうで晴顕が立ち上がって几帳の横木に腕を置いている。

――せっかく見えないようにしたのに！

戸をたたく音がさらに強くなった。

「姫様、閉じ込められていらっしゃるのですか？　それなら私、人を呼んで参ります」

――しまった……姫って！

「桜の君……嘘をついて……ごめんなさい！」

豊子は妻戸に駆け寄り、閂《かんぬき》を外す。振り向きもせずに外に出て、すぐに戸を閉めた。そこにはまだ良子しかおらず、ほっとする。

「今晩は、いつもと違ってなかなかお帰りにならないので、ご不在に気づいた女房がおりまして……私がごまかしておきましたが……さ、お急ぎください」

豊子は、いつの間にかそんなに時間が経っていたのかと驚く。きらめくような時間は一瞬のように過ぎ去っていった。

姫と呼ばれたときは、ばれたと思って慌てたが、内裏で豊子を姫と呼ぶのは良子ぐらいだ。晴顕は勘づいていないかもしれない。それより気になるのが、あの『どうしても伝えたいことがある』という言葉である。彼は一体、何を伝えようとしたのだろうか。

晴顕の話を聞いてから出ればよかったと思う反面、良子が来てくれて助かったと胸を撫でおろす自分もいた。

一度でも関係を持ったら、帝の女御《おんな》との密通の罪を彼に負わせてしまうことになるのだから――。

豊子は、今ひとたび笛の音がしても絶対に外に出ないと身構えていたのだが、その夜以来、笛の音が聴こえてくることがなくなった。それはそれで豊子は心配になってくる。

もしかしたら、晴顕は『姫様』という良子の呼び声で、深紅の君が女御だと気づいて、罪悪感に苦しんでいるのではないだろうか。

機を同じくして帝から再三、お召しの使いが来るようになった。断るために、今、豊子は仮病を使って褥に臥《ふ》せっている。おかげで今も名ばかりの女御だ。

――わかってる、自分でも。こんなことで時間を稼いでも意味がないって。

豊子は指先で自身の唇に触れる。ついさっきのことのように、桜の君の情熱的なくちづけが蘇《よみがえ》り、陶然としてしまう。

だが、これを帝に置き換えて想像すると、とたん、吐きそうになるのだ。この世で最も尊い方を相手に、こんなことを思うなんて畏《おそ》れ多いが、気持ち悪くなってしまうのは、どうしようもない。

豊子は上掛けをかぶって、右胸にそっと手を置いた。桜の君に布ごと咥《くわ》えられたときの陶酔が思い出される。

「豊子」

母親の声が耳に飛び込んできて、豊子はぎょっとしてしまう。上掛けから顔を出すと、褥の四方を囲む几帳と几帳の間で膝立ちになった母親が、つり目を糸のように細めて心配そうに見下ろしていた。

——化け狐かと思った……。

「お、お母様……どうして……こちらに？」

できる限り、か弱い声で聞いてみた。

「紫宸殿の桜花の宴に招かれて参内したので、その前にお見舞いを、と思ったのです。せっかく女御様におなりになったのに臥せってらっしゃるなんて残念ですわね。いい席から陪観《ばいかん》できたでしょうに。もしかしたら私もその席に……いえ、それにしても、こんなにおやつれになられるなんて、なんということでしょう！」

母親の言葉遣いが丁寧になっていた。豊子はもう、ただの娘ではない。〝女御様〟なのだ。

――主上とは一回、几帳越しに話したことがあるだけなのに……。

「お母様……私、食欲がなくて……」

これは本当だ。あの夜以来、食べものが喉を通らない。

「女御様が、食欲がおありでないですって？　それは重篤でいらっしゃいます！」

今にも死ぬのではないかという勢いで母が血相を変えている。

「え、あの、医師《くすし》に診てもらって、薬は飲んでおりますので」

豊子のほうが、病気がたいしたことがないと主張するはめになった。

「それなのに、回復していらっしゃらないということですか⁉」

――あれ？　もしかして、これ、いい機会では？

「そうなんです。やはり里下《さとさが》りをさせていただくしか……」

豊子が言い終わらぬうちに、力強い声で、母親が遮ってきた。

「我が家の総力を挙げて加持祈禱《かじきとう》を行うので、すぐによくなります！」

右大臣家としては、どうしても娘を帝の近くに置いておきたいらしい。

せっかく桜花の宴なのだからと、母が女房を連れて出ていき、弘徽殿は静寂に包まれた。

――桜の君は今ごろ紫宸殿の庭で、歌でも詠んでいるのかしら……。

豊子がそんな想像をして微睡《まどろ》んでいると、春鶯囀《しゅんのうてん》の合奏が聴こえてきた。笙《しょう》、篳篥《ひちりき》、横笛《おうてき》、琵琶《びわ》、琴といったところだろうか。この笛の音も巧みだが、桜の君には敵《かな》わないわ。

——あれだけの麗人なら、春鶯囀を奏でるのではなく、舞うほうなのかもしれないわ。

なら、見てみたかったなどと思っていると、「姫様」という小声が聞こえてくる。

目を開けると、いきなり真上に良子の顔があって、危うく叫ぶところだった。

「ど、どうしたの、良子。近すぎだわ」

「皆が出払ったので、お話しする好機かと思いまして。姫様、本当にご病気ですの？」

豊子は観念して、のっそりと身を起こした。

「最初に帝のお召しがあったときは詐病《さびょう》だったのだけど、鬱々と考えごとをしているうちに、この私としたことが本当に食欲がなくなっていったのよ……」

良子が眉をひそめ、非難めいた眼差しを向けてくる。

「姫様をきさきにすると決めたのは天子様ですよ？　あの夜のこと、私、恐ろしくなってきましたの。というのも、先日、頭中将《とうのちゅうじょう》様に、意味ありげにこんなことを言われたものですから。『最近、頭弁を見ないのだが、何か知っているか』と。姫様が逢瀬を重ねた桜の君って、もしかして頭弁様なのではないかと……」

——それで笛の音が途絶えたんだわ！

豊子は震えが止まらなくなる。

──で、でも、私はまだ処女だから、なんとでも言い訳できる……よね？

そうだ。早く、帝のものになって頭弁、橘晴顕の身の潔白を証明するのだ。晴顕が処分されるくらいなら、本当に帝の女御《おんな》になるほうがましだ。

「姫様、やはり、桜の君の正体は……！」

良子が察したようなので、豊子は黙ってただうなずいた。

──主上のお召しって、もしかして……？

今になって急に思い当たった。

お召しの目的は色恋ではなく、晴顕とのことを問いただしたいだけかもしれない。もしかしたら、晴顕は豊子をかばって窮地に陥っているのではないか──。

豊子は、雄々しく立ち上がった。

「良子の言う通りだわ。逃げても、いろんな方々に迷惑をかけるだけ。私、主上に文《ふみ》を書きます。良子、私が文をしたためている間に、清涼殿に赴く準備をお願いするわ。できるだけきらきらしく、そう、衣重ねは紅の匂《におい》で。主上の気を惹けるような衣裳をお願い」

あまりの変わりように良子が唖然《あぜん》としている。

「ですが……今日は宴会が夜遅くまで続くでしょうから、今晩の面会は叶いませんよね？　というか、宴がなくても、いつお会いできるのかは主上のご気分次第でしょう？」

「再三、お召しになろうと使いを寄こしていたのは主上のほうよ？　でも、私は病を理由に断った。だから、元気になったことをお伝えするまでよ」

「わかりました。いつお召しがあっても、すぐ駆けつけられるよう準備いたしましょう」


夜、桜花の宴から弘徽殿に戻ってきた女房たちは皆、一様に目を丸くした。

ずっと床《とこ》から起き上がらなかった豊子が、いつでも出かけられるようなきらびやかな衣裳に身を包み、脇息《きょうそく》にもたれかかっていたからだ。

「体調がお悪いのですから、お眠りになったほうがよろしいのではないでしょうか？」

古参の女房が心配げにそう告げてきたとき、縁のほうから、帝の使いがいらしたという声が聞こえてきた。宵の口に帝が女御をお召しになるとなれば、誰しも色ごとを想像する。

だが、当の豊子は違う意味で緊張していた。

——これから、どんな咎《とが》めを受けるのかしら。

そんな覚悟で、女房から受け取った文は桜の枝に挟んであり、まるで恋文のようだった。

だが、開けると、歌も何もなく、この使いとともに、ただちに清涼殿に参るようにという走り書きだけがあった。

——体裁だけ恋文風にしてくれた、ということかしら。

豊子は瞳を閉じ、初めて帝がここを訪ねたときのことを思い出す。

帝は噂とは違い、思慮のある方のような印象を受けた。思慮のないことをしたのは女御と頭弁のほうである。

——とにかく、桜の君が主上の信頼を取り戻せるようにしないと……。

女《じぶん》のことで、晴顕の輝かしい未来をつぶすわけにはいけない。

「では、参ります」

豊子が立ち上がると、表衣の上に、良子が唐衣《からぎぬ》をはおらせてくれた。格式ある恰好だ。良子とほかの女房、あわせて三名を連れ、使いの掌侍を先導にして清涼殿へと渡る。長い縁を半ばまで歩くと、女官数名が待ち構えていて、御簾を掲げた。

豊子は女房たちとともにそこに入れると思っていたが、掌侍がこんなことを言ってくる。

「女御様のみ、こちらにお入りになられ、弘徽殿の女房方はお下がりになりますよう」

良子が心配そうにこちらを見ている。正直、豊子はものすごく心細くなっていた。つまり、帝は人払いをしないと話せないようなことを話そうとしている。

豊子は急に喉の渇きを覚えたが、緊張を隠して口角を上げ、女房たちに向けて小さくうなずいた。中に入るやいなや、背後の御簾が下ろされるが、目の前にも御簾がある。右に目を向けると、昆明池《こんめいち》を描いた有名な衝立障子《ついたてしょうじ》がぼんやりと見える。

——ということは、御簾の向こうは昼御座《ひのおまし》だわ。

豊子が立っているところは、帝が臣下と対面する広間、昼御座の前だ。いよいよ、直接顔を合わせるのかと、御簾が上がるのを待つが、人の気配がしない。

しかも、御簾を挟んだ背後の縁のほうから、「私はここで失礼いたします」という使いの女官の声とともに衣擦れの音が立った。その音が徐々に小さくなっていく。

——ここでひとり、突っ立っていろというの？

右大臣の娘とはいえ、豊子はもう罪人扱いなのかもしれない。

——どこまで主上に露見しているの……。

豊子は気を引きしめる。豊子の言動に、頭弁、晴顕の人生がかかっているのだ。緊張は高まる一方である。

「弘徽殿の女御か」

威厳のある声が御簾の向こうから聞こえてきた。

——すでにいらっしゃったー！

高燈台に火が灯されているとはいえ、御簾の向こうが見えるほどは明るくなく、音が立たないので、帝がいるとは思わなかった。

——こういうときは……平謝り！

豊子は、ばっと身を伏せた。

「はい。さようでございます。しばらく臥せっておりまして、畏れ多くも、お召しにお応《こた》えできず、大変失礼いたしました」

ただし、本当に謝るべきことについては帝がどこまで知っているのか、あまりに情報がないので、最後まで曖昧にしておくつもりだ。

「えらく急に元気になったものだ」

感じの悪いもの言いだったが、帝のお召しを再三、断ったのだから当然だ。

「『春鶯囀』が聴こえてきまして、美しい音色のおかげで気力が湧いて参りました」

帝が押し黙った。

――何この気まずい沈黙。

長患いだったのが、音楽の力で元気になるという設定は嘘くさかっただろうか。

ぱんっと勢いよく檜扇《ひおうぎ》を閉じる音がした。

「本日は私の乳母子である頭弁が『春鶯囀』を舞う予定だったが出席できないので、代わりに舞わせた者があまりうまくなくて興ざめであった。しかも、弘徽殿の女御に宴を見せたかったのに、臥せっておるし……つまらないので、早々に切り上げて清涼殿に戻ったところ、文が届いていたので呼び出した次第」

――いきなり乳母子の話が出るのって不自然よね……。

そもそも、頭弁ともあろう者が行事を欠席しているとはどういうことか。

豊子はいよいよ喉をからからにした。

「私も、もう少し前に回復して宴を拝見しとうございました」

また扇を閉じる音がした。もしかしたら苛立っているのかもしれない。

「少しは本音を言ってもらわないとつまらぬ。なぜ頭弁がいなかったかわかるか？」

——やはり主上は勘づいておられる……。

だが、ここで認めるわけにはいかない。

「物忌みか、お加減が悪いか……でしょうか？」

「ふむ。尚侍はなかなか機転が利く。しかも、度胸もある。だが、鈍感だな」

含意を感じて、豊子は冷やっとした。帝は頭弁との仲を認めさせたいのだろうか。

「では……なぜでしょう？」

「物忌《ものい》みということにしているが、それは表向きの理由に過ぎない」

——表向きということはやっぱり何か咎《とが》が？

いやな予感がする。ここは絶対に、しらばくれなければいけない。

「さようで……陰陽師の助言は大事ですよね」

またしても、檜扇を閉じる音がした。最近、不機嫌そうに檜扇を閉じる人を見たような気がするが思い出せない。というか、そんな呑気なことを考えている場合ではなかった。

——桜の君を助けるためにどうしたらいいのか、頭を回転させせないと。

「あくまでしらを切るつもりのようだな。教えてやろう。頭弁がいないのは、女御が顔を見て驚いてはいけないと思ってのことだ」

やはり、密通に勘づいているのだ。答えかねていると、帝が痺《しび》れを切らしたようにこう言ってくる。

「帝が、笛が得意だと聞いたことはないのか？」

そのとき、衣擦れの音とともに笛の音が聴こえてきた。曲は『春鶯囀』。

――この音色……。

音の源が近づいてくるにつれて、覚えのある複雑な匂いが立つ。御簾がばさっとめくり上げられた。

「ここまでしないと気づかないのか⁉」

笛を片手に憮然《ぶぜん》として立ち、豊子を見下ろしているのは桜の君だった。

「え？　ええ？」

そうだ。不機嫌に檜扇を閉じたのを見たのは、後涼殿の宿所だ。良子が押しかけてきたというのに、桜の君は悪びれることなく、檜扇を少し広げたかと思うと、ぴしゃっと勢いよく閉じたのだった。そしてこの香《こう》――。

「さ、桜の君⁇」

御簾を抛《ほう》るように手から離して入ってきた帝が豊子の前で屈んで膝を突く。

高燈台の灯りのもと、間近《まぢか》で見ると、まぎれもない桜の君だとわかる。だが、装束のせいか、ここが清涼殿なせいか、雰囲気が違う。緊張が高まる。

閉じた扇の先で顎を持ち上げられた。

「どうして声で気づかない？」

「どうしてって……。桜の君とは話し方が違って……すごく威厳のある声で……」

「帝として相対したからだ。それにしても、最後の夜にちゃんと言ったはずだ。『帝だから大丈夫なんだ』と。それなのに帝《わたし》のお召しを拒否するとはどういうことだ？」

「あれは主上と懇意にされているから大丈夫という意味だと……。桜の君は、私が女御だと知らないから、呑気なことをと。それよりなぜ頭弁殿のふりなどなさったのです？」

帝が半ば瞼を閉じ、眉を上げた。こういう不遜な表情は桜の君らしい。

「おもしろかったからだ」

「は⁉」

驚きのあまり、豊子は不躾《ぶしつけ》な声を発してしまう。

帝が顎から扇を外した。

「深紅の君が、ものすごい勢いで〝弘徽殿の尚侍〟の本音をまくし立ててくるのだから、頭弁のふりなんかやめられるわけないだろう？　結婚したくないだの、もてないからふさわしくないだの、笑いをこらえるのが大変だったよ」

帝が扇を少し広げて口元を隠し、くくくと思い出し笑いをしている。

「それに、〝帝〟ではなく桜の君のことが好きだと本音も明かしてくれた」

帝が一転、優しげに目を細めたものだから、豊子はずばっと心臓を射抜かれた。立っていたら倒れていたところだ。

「ひ、ひどいですわ。早くやめてくださったらよかったのに。だって、私、桜の君が心配で……。私とのことが主上にばれて窮地に陥っているんじゃないかって……」

豊子は安堵と怒りで感情を昂《たかぶ》らせ、瞳から涙をこぼす。

すると、帝が目を瞬《しばた》かせたあと、眉を下げた。

「そうか……そうだったのか……想像が及ばず……すまない」

帝が謝ってくれると思ってもいなかったので、豊子が驚いて固まっていると、ふわっと宙に浮かんだ。帝に抱き上げられていた。しかも、目元をべろりと舐められる。

「しょっぱいな」

口ではそんな文句を言っているのに、その口角は上がっていた。

——桜の君の、品のある笑顔だわ……。

「あの……さっきまで、どうして不機嫌だったのですか?」

「この私が狂おしいぐらいに会いたいと思っていたのに、仮病を使われたからだ」

「だって……主上が桜の君だなんて思いもしませんでしたから……」

「普通なら、帝のお召しがあれば、この内裏にいる誰しもが喜び勇んで来るらしいぞ?」

「でも、私……」

「わかってる。桜の君に操を立てていたのだろう？　わかっているが、帝《わたし》が桜の君《わたし》に嫉妬してしまうんだ」

こんなことを真顔で言ってくるものだから、豊子は思わず笑ってしまう。

「ご自分でご自分に嫉妬なさるなんて可笑《おか》しゅうございますわ」

「ああ、可愛い。その笑みが見たかった。今から桜の君の配役は、頭弁から帝に変更だ」

帝が片手で御簾を持ち上げ、昼御座に入る。奥には帝が休むための、白い垂布で囲まれた御帳台《みちょうだい》があった。中央には、帝が座るための、色とりどりの縁《へり》が付いた大きな厚畳が鎮座している。日中は、この畳座の前に臣下が勢揃《せいぞろ》いするのだろう。

「すごいわ。桜の君ったら、こんなところで政務をしているの？」

帝に苦笑された。

「こう見えて帝だからな？」

「主上に対して失礼な物言いでした。申し訳ありません」

「いや、いい。このままの豊子がいい」

――豊子って名前を呼んでくれた……。

喜びのあまり豊子が帝を見つめると、帝の長い睫毛が目元に舞いおりる。筋の通った鼻が傾き、唇が唇に触れる。うなじを支えられ、唇を強く重ねられた。開いた口の隙から舌が入り込んできて、歯列を割られる。舌と舌がからみ合う。彼の濡《ぬ》れた力強い舌の感触に、豊子は震える。心の奥底から震える。

豊子がようやく瞼を開けると、そこには物憂げな瞳があった。宿所の夜が思い出され、身も心も甘い痺れに包まれる。

「……そうだ……そんな表情は……私にしか見せてはいけない」

帝が急に速足になり、厚畳の前を横切って大きな妻戸の前で止まる。清涼殿の中の個室といえば、帝の寝所である夜御殿《よるのおとど》しかない。

――嘘でしょう！

帝が豊子を抱きかかえたまま、片手で妻戸を開けると、まず寝床である大きな御帳台《みちょうだい》が目に入る。室内だというのに、その四方に灯籠が吊《つ》ってあって、部屋全体がほのかに明るい。御帳台の白い垂れ絹に浮かぶ鳳凰《ほうおう》の紋様まで見えた。

「ここが、清涼殿の、夜御殿……！」

豊子は自身が物語の中の人になったような衝撃を受ける。

「この私と寝所に来ておいて、感想がそれか……」

呆れたように言い、帝が御帳台の中に豊子をそっと下ろすと、自身も入ってきた。

「だ、だって書物でしか知らなかったから……」

と言いつつ、豊子の視線は床へと移る。

「高い……これが夜御殿の浜床《はまゆか》！」

褥の下に漆黒の台が置いてあって、床から浮かんでいるようだ。

「私より、夜御殿のほうに興味があるようだな」

「自分がここにいるなんて現《うつつ》とは思えなくて。まさか主上だなんて。そういえば夜、笛で呼び出すのをやめて、帝として再三私をお召しになろうとされたのはなぜなのです？」

豊子は返事をもらおうと振り返って、どきっとした。帝がいつの間にか、丸襟の留め具も、石飾り付き革帯も外し、しどけない恰好になっていたからだ。

——艶《えん》！　艶でしょ！　艶にもほどがある！

その彼が、帝しか着用を許されない禁色《きんじき》である黄櫨《こうろ》染《ぜん》の袍を、ばさりと脱いで背後に抛《ほう》って、美しい紋様の入った白い綾絹の下襲《したがさね》姿となった。下襲の裾が別になっておらず、やたら長い。

——お父様は昇進のたびに、裾が長くなったって喜んでいらっしゃったけど……。

最高位で昇進のない帝は、下襲自体がもともと尾のように長くなっていて、裾を腰にくくりつける必要がないのだ。

——これが、主上の続裾《つづききよ》！

豊子がそんなことで感動しているなど露知らず、帝が豊子の質問に答える。

「だから鈍感だと言ったのだ。あんな顔を見せておいて、生殺しにするような真似《まね》を」

「生殺し……ですか？」

「頭弁としてではなく、本来の自分の姿で会おうとしたのに、拒まれて死にそうになった。帝を殺しかけるなんて罪深い女人だ」

帝が豊子のほうに身を乗り出し、鼻が触れるくらいの近さでじっと見つめてくる。その真剣な眼差しに、豊子の心臓は甘い鼓動を打ち始めた。

「そんなの私も同じです。私もずっと本当の自分に戻って桜の君にお会いしたかった。でも、尚侍だって正体を明かしたら、離れていってしまうと思って言い出せなかったのです」

「そうか……そうだったのか……」

やっと腑《ふ》に落ちたとばかりにそうつぶやくと、帝が顔を傾け、唇を寄せてくる。触れるだけのくちづけだが、唇が離れたあと、情熱的な瞳を向けられて、早くもあの夜のような疼《うず》きが体中を侵食していく。

「なんて可愛いらしい。世界中の男から隠してしまいたいよ」

まじめにこんなことを言われて、豊子は可笑《おか》しくなる。

「まあ。光栄ですわ。私、誰からも相手にされていませんでしたのよ」

帝が小さく笑った。

「女房のふりをしているときにも、そんなことを言っていたが、右大臣の娘がこんなに美しいのだから、懸想文が届かないなんておかしいと思わなかったのか？」

「美しい？　そんなことをおっしゃってくださるのは、主上と乳母子《うばこ》くらいですわ」

「本当に鈍感だな。いや、違う。女人としての自己評価が低いのだ。でも、それは私に責任がある」

「責任？　逆です。むしろこうして褒めてくださって、少しは自信を持ってもいいのかと思わせてくださいました」

帝が片方の眉を上げた。

「悪いが、公達からの懸想文は、私が右大臣に命じて全て握りつぶさせていたのだ」

「は？」

意味を解するのに時間がかかった。

「右大臣は悪くないぞ。私が娘《あなた》に伝えないよう命じたのだ」

ようやく豊子は事態を呑み込めた。

そういえば、入内を勧めるとき、父は豊子にこう言ったものだ。

『公達との噂のひとつもないのに何をいやがるというのだ？』

――あの狸～！

公達の文を握りつぶしておいて、よくもあんな台詞《せりふ》を言えたものだ。父親は顔だけでなく、中身も狸だった。

帝が話を続ける。

「しかし、人の口に戸が立てられるわけもなく、右大臣家から、大姫が天女のような美しさだという噂がどんどん流れ出てくるものだから、焦ったよ」

――良子が流した噂だわ。

「文は握りつぶせても、夜這《よば》いするような輩《やから》が出ては、と、右大臣には警備を増強してもらった。ちなみに今をときめく公達から懸想文が続々と届いていたぞ。惜しかったな」

ざまあみろとばかりに傲慢な目を向けられ、豊子は呆気《あっけ》に取られる。

「……桜の君の文を握りつぶされていたら惜しかったけれど、桜の君から来ていないなら、届かなくてよかったわ」

「……そうか」

帝の瞳から急に傲慢さが消え、目を伏せて口元をゆるめた。

「ですが、これからは陰でこそこそするのは、おやめくださいまし」

「ああ。こそこそ頑張ったら、入内は断られたし、帝のお召しも拒まれたし、碌《ろく》なことがない。やっと思いが通じたのだから、今後はあなたに直《じか》に伝えるよ……」

帝が豊子を横向きに抱き上げ、くちづけてくる。布越しとはいえ臀部《でんぶ》に帝のがっしりした大腿を感じ、ぞくっとしたところでぬるりと肉厚なものが入り込んできた。

口の中が帝の舌に埋めつくされているなんて信じられない。しかも、その大きな舌で口内をまさぐられる。唾液の水音が立つ。

それだけで豊子はいっぱいいっぱいだというのに、帝ときたら、くちづけしながら、その手で豊子の衣をはぎとって褥に落とした。片腕で背を支え、下着である白小袖の襟から中に手を滑りこませてくる。

胸のふくらみに、体温のある長い指が直に触れた瞬間、豊子はびくんと首を反らせた。どちらともなく唇が外れる。

「あ……主上……」

帝が乳房の形を確かめるように外郭をなぞり、手の甲で片襟を押しやった。胸のふくらみが露《あら》わになる。

「豊子、なんて美しい……」

感嘆するようにつぶやかれ、慌てたのは豊子だ。手で覆ったが、すぐに手首を取られて外される。

「こんなに美しい桜花を隠してはいけないよ」

帝が背を屈めて乳暈に食らいついてきた。

「じ、直にお口を……!?」

「ここだけじゃない。体中を舐めまわしたいよ」

濡れた乳首に熱い息がかかり、それだけで、豊子は躰を引きつらせる。

帝が再び、乳房の頂《いただき》を咥え、その先端を口内でなぶってきた。ちゅくちゅくという水音とともに、尖《とが》りが敏感になっていく。

豊子は気づいたら、涙ぐんで声を漏らし、帝の袖をつかんでいた。

「ああ、そうだ。豊子、そうやって私にすがって啼《な》いてくれ、これからもずっと」

切なげに囁くと、帝がもう片方の襟を歯で噛んで引っ張り、胸元を開《はだ》けさせた。

帝がこんな野性的な所作をしたものだから、豊子は目を見張ってしまう。眼前に自身の両乳房が張り出し、しかもその先端に口をつけているのは帝なのである。豊子が恥ずかしさでぎゅっと目を瞑ると、視界を失ったことで余計に触れているところが意識されてしまう。弾力ある舌で乳首をもてあそばれ、もう片方の濡れた乳首をくりくりと指先でいじられれば、胸の先から全身に快感が広がっていく。

「お、主上……わ、私……おかしく、おかしくなって……しまいま……す」

豊子が薄目を開けると、彼女を見上げる帝と目が合った。

「豊子、主上だなんて他人行儀な。名で呼びなさい」

「そん……ぁっ……そんな、畏れ……多……」

なぜか下腹がじんじんしてきて、途切れ途切れに話すので精一杯である。

「仮病を使ってここに来なかったくせに、何が畏れ多い」

咎《とが》めるように乳首をつまんで引っ張られたというのに、その行為は、豊子にとてつもない愉悦をもたらした。

「あぁ……だ、だって桜の君に会えなくて……」

「恋の病というわけか」

ひとりごちるように言うと、帝が豊子の長袴の腰帯を引っ張ってほどく。

「あっ、主上」

「ふたりきりのときは、私たちは帝でも女御でもない、ただの男と女だ。いいな？」

「ふぁい」

こんな気の抜けた返事になってしまったのは、帝の手が豊子の下腹に直に触れたからだ。

「敦行だ。名で呼べ、豊子」

こんなことを望まれるとは思ってもいなかった。先帝亡き今、帝を名で呼べる者など、この世に誰もいないというのに――。

「む、無理です。そんな大それたこと……」

「桜の君のときは、大それたことばかりしてくれたのにな……」

残念そうな声が気になったが、すぐにそれどころではなくなる。円を描くように下腹を撫でられれば、得も言われぬ喜悦がほとばしり、豊子は身をよじった。

「そ、それは公達だと……思って……あ……のときは……失礼いたしました」

「失礼……か」

つまらなさそうに言うと、帝は豊子を片腕で抱えたまま、自身の下襲と表袴《うえのはかま》を脱ぎやり、白小袖と、紅色の大口袴《おおくちばかま》だけになった。下着姿だ。

「脱げば、豊子と同じだ」

眼前にあるのは、肩幅が広く、厚みのある躰——。恰好が同じになったことで、却《かえ》って自身の躰との違いが感じられ、豊子は気恥ずかしくて顔を背けた。

「照れてなどいられないようにしてやろう」

帝が豊子の紅《あか》い袴をぬぐい去れば、躰で隠れているところといえば両腕ぐらいで、裸同然だ。

そんな豊子を大腿の上に横抱きにして下目遣いで眺めながら、帝がその手を内ももに伸ばしてくる。そこはなぜか湿っていた。

——こんなに汗を？

「普段はこんなこと、ないんです。きっと緊張しすぎているんです……。本当です」

豊子が言い訳めいたことを告げると、頬に息がかかり、帝が笑ったのがわかった。

「これは……豊子が悦《よろこ》んでいる証拠なんだよ」

「よ、悦び？」

帝が濡れた感触を楽しむかのように手を這い上がらせてくる。蜜源に大きな手が近づいてくると、腹の奥できゅっと何かが狭まった。またあの滴りが垂れてくる。

手が脚の付け根にたどり着くと、帝が、骨ばった中指をぴったりと陰唇に沿わせ、ゆっくりとこすってくる。そこは濡れそぼっていて、ぬちぬちという卑猥《ひわい》な音が立った。

「豊子、こんなに濡らして……私を待ちわびていたんだね？」

意味がよくわからないが、中指が徐々に秘裂に沈んでいく感触に豊子はぎゅっと目を閉じた。目とは逆に、口は開く。

「あっ、そこ……へ、変……、変……に、なっ……」

触れられているのは蜜の口だというのに、下腹が燃えるようだ。腹の奥が狂おしく何かを求めて熱に浮かされている。

「変じゃない、とても……艶《なま》めかしいよ、豊子……私の手でもっと感じるがいい」

そう言い放ち、帝が背を屈めて乳暈を強く吸ってきた。そうしながらも、指をぐっと奥まで押し込んでくる。

「あぁ！」

豊子は、びくんと大きく腰を跳ねさせた。

同時に帝が豊子を抱えたまま、横に倒れ込む。横臥《おうが》で向き合った体勢になったが、指は中に差し入れられたままで、帝が、くちゅくちゅとかき回している。しかも乳暈を口に含んで強く吸ってきた。

「あっ……どうして……ぁ……」

いても立ってもいられないような気持ちで豊子が脚を帝にこすりつけると、大口袴の生絹《すずし》がなめらかにまとわりつく。布越しに彼のがっしりした大腿を感じて余計に感じてしまう。口から嬌声《きょうせい》が衝く。瞳に涙が滲む。

「あぁ、きれいだ……豊子」

そう言って、ちゅっと唇にくちづけを落とすと、帝は豊子の足元のほうに下がった。

「主上？」

どうして帝が離れていくのか不思議に思っていると、帝が膝裏を持ち上げ、豊子の両脚を左右に広げるではないか。かなり無様《ぶざま》な恰好で、豊子は慌てて閉じようとするが、がっしり摑《つか》んだ彼の手にはばまれる。

「な……何を……主上？」

「主上などと呼べなくしてやる」

そう言って帝が、太ももを舐め上げてきた。

「あ……そんなとこ、穢《きたな》いです。後生《ごしょう》ですからおやめになって……」

「穢くなんかない。これは私を欲しがって流した蜜なのだから」

帝が再び、べろりと舐め上げてくる。

「ああ……だめです。主上ともあろうお方が、こんなことをしては……だめ……あっ」

「豊子、私は今、愛する妻にひれ伏す、ただの男なんだよ？」

その刹那《せつな》、豊子は、今までに感じたことのないような愉悦にどっと襲われた。帝が豊子の蜜源を吸ってきたのだ。

「あ……どうし……て……だ……め……ぁあ」

豊子は肘に力をこめ、後ろに逃げようとしたが、動きを察した帝に両手首をとられる。そうされたことで、余計に彼の唇が秘所に強く押しあてられた。

「さっきから口ではだめと言っているが、ここが、すごくひくついて悦んでいるのはどういうことかな？」

「そ……そんな……こと……」

じゅっと強く吸われてわかった。これは決して汗でも小水でもない。感じれば感じるほどあふれ出る滴りに、豊子はとまどうばかりだ。

帝が蜜口を舌でもてあそびながら、両手を胸のほうに伸ばす。大きな手で乳房をすくい上げ、その芯を指先でいじってくる。

「あっ……あぁ」

豊子はびくびくと腰を浮かせ、喘ぐことしかできない。

しばらくの間、御帳台は水音と豊子のあえかな声、そしてふたりの体温で満たされていた。まるで快楽の繭《まゆ》に包《くる》まれているようだ。

蜜源に帝がぐっと舌を押し込んできたとき、愉悦は頂点に達し、豊子の全身から力が抜けていく。

──な、何……今、頭が……真っ白……。

しばらく呆然としていると、「豊子……」と、耳元で囁かれ、豊子はどうにか目だけ横に向けることができた。いつの間にか、帝の顔がすぐ隣に来ている。

「桜の……いえ、主上」

「そうか。まだ桜の君のほうが豊子にはなじみがあるのだな」

頰杖《ほおづえ》を突いて横寝で豊子を見下ろす帝が小さく笑った。

「主上、どうして御名《ぎょめい》で呼ばれることにこだわりを持たれていらっしゃるのです？」

「やっとお互い、本当の名で呼べるようになったんだよ。しかも、今や、この世で豊子を豊子と呼べるのは私だけだろう？　だから、豊子にも私の名を呼んでほしいんだ」

豊子は驚いてしまう。

「それで豊子と、何度も名を呼んでくださったのですね？　ですが、私の場合、先の帝しかお呼びにならなかったその御名を私ごときが呼ぶなんて畏れ多くて……」

「今、私を敦行と呼ぶ人は誰もいないのだから、畏れることなど何もない。豊子が敦行と呼べば、敦行と呼べるのは豊子だけ。絶好の機会だぞ？」

「絶好の……？」

帝がこんな売り文句を使うことに、豊子は可笑《おか》しみを感じて笑ってしまう。

「さあ、呼んでごらん？」

「敦行様」

「様はいらない」

「そ、そんな……無理ですわ、敦行様」

「わかった。今はここまでで満足しておくよ、豊子」

敦行が上体を起こし、豊子の左右に手を突いて見下ろしてきたものだから、豊子は自身が裸であることが急に恥ずかしくなる。胸の上で腕を交差させた。

「隠したらだめだと言っただろう?」

責めるような口調とは裏腹に、豊子の腕を取ると、敦行がその掌に優しくくちづける。

「きれいだ、豊子……」

しげしげと眺めながら、敦行は豊子がここにいることを確かめるように、両手で頬から首筋、そして胸のふくらみへと続く線をたどっていく。

「美しいだけではない……すべらかで、ずっと触っていたい」

手は胸元で止まり、乳房を盛り上げるように輪郭をつかむと、交互に、その頂きを舐めてくる。

豊子は背を弓なりにして褥の上に広がる衣をつかんだ。胸が張り出すような体勢になったそのとき、胸の先端を舌先でそっと突《つつ》かれる。些細《ささい》な接触だというのに、とてつもない快楽をもたらされ、豊子は恍惚《こうこつ》に身をゆだねた。

「また……そんな表情《かお》をして……！」

敦行が自身の左脇の結びをほどいて大口袴をずらし、豊子の太ももを持ち上げた。

内ももを骨ばった指につかまれたと思ったらすぐに、豊子の秘所に今までにない感覚が訪れた。弾力ある太いものが陰唇にぬるっと食い込んでくる。

──敦行様が……私の中に……？

帝が、自分の躰の内部に入り込んでくるなんてことがあっていいのだろうか。だが、そんな想いとは裏腹に、自身の中にある路《みち》は、欲しかったものをやっと手に入れたかのように、蠢動《しゆんどう》して悦んでいるのがわかった。

「はぁ……どうして私……」

「豊子……ようやく、ようやくだ」

敦行が滾《たぎ》りきった情熱で隘路《あいろ》を、ぐっと押し開く。

「あっ」

思わぬ痛みに豊子が声を上げると、薄く開けた瞼の間から、心配げに豊子をのぞき込む敦行が見える。

「豊子、平気か？」

優しく声をかけられれば、痛みなど、どうでもよくなってしまう。

「は、はい……」

そう答えている間も、豊子はずっとここにいてほしいとばかりに、ふくれあがった雄芯をぎゅっと締めつけていた。

「私を離そうとしないなんて……可愛い女御《ひと》」

敦行が切なげにつぶやき、前屈《まえかが》みになって豊子の頬にくちづけたあと、ゆっくりと半ばまで抜いた。寂しい気持ちがして豊子が彼の腕にすがると、再び奥まで押し込まれる。自身の中が彼自身でいっぱいになった。

豊子は腕を掴む手に力をこめ、荒い息で過ぎたる快感を逃す。

「豊子……そうやって、ずっと……私を捕まえていてくれ」

帝が前傾し、左右に前腕を着けて顔を近づけてきた。痛みを気遣ってか、ゆっくりと優しく抽挿《ちゅうそう》してくる。そのたびに、胸の先端が白小袖にこすられる。乳首はしこり、こすれるたびに生まれる喜悦が全身に伝わっていく。

「あ……敦行様ぁ……ぁあ……ふ……ぁあ」

もう豊子は甘い嬌声を漏らすことしかできない。

「そんな声、聴かされたら……」

耐えるようにそう言い、ぶるりと震えると、帝は上体を反らして律動を速める。そうしながらも、両手で乳房を覆って指間に乳首を挟んできた。腰を小刻みに前後されれば、乳房を包む彼の手も揺れる。胸と下腹に同時にもたらされる、ふたつの快楽がからみ合うように、豊子を高みへと押し上げていく。

──霞《かす》む。世界が……霞んでいく。

どんどん昇っていくような感覚に、豊子は恐れをなした。

「わ……わた……どこか……いっちゃう」

すると、手が温かく大きいものに包まれる。帝が手を繋いでくれたのだ。

「大丈夫、私がここにいる」

彼の手をぎゅっと握り返し、今までにない幸福感の中、豊子は天上へと昇りきる。

その刹那、ひときわ強く性を締めつけられた帝は、豊子の体内で精をほとばしらせた。


微睡《まどろ》みの中、しゅっと紐《ひも》を解く音や衣擦れの音を聞いていた豊子がゆっくり瞼を開くと、目の前に帝の顔があった。視線を下にずらせば、彼は何も着ていない。

「きゃ」

豊子はとっさに、帝に背を向けた。

帝が、背後から手を伸ばし、乳房をやわやわと揉み始める。ときどきその先端を指でつままれれば、下肢が切なく疼き、豊子は脚をもぞもぞとさせてしまう。

「今さら何を照れているんだ？」

耳に息がかかったかと思うと、帝が耳を食んでくる。豊子はぶるりと肩をすくめた。

「だ、だって、さっきまで白小袖を着てらっしゃいましたわ」

「布で隔たれるより、肌を直に重ねたほうが気持ちいいだろう？　現に今、身をよじっていたぞ」

もう片方の手が、豊子の前に回ってきて、脚の付け根に沈んでいく。

「……ここ、もう濡れている」

声に喜色が含まれていた。今なら豊子にもわかる。豊子が感じているのが、帝はうれしいのだ。

「ええ、そう。……気持ちい……あっ、気持ち……いいです。桜……主上にしてもらえることはなんでも」

手の動きが急に止まった。

豊子の返事に羞恥《しゅうち》が足りなかったのだろうかと不安になったところで、帝が「この娘《こ》は……」と言ってくる。

「可笑《おか》しなことを申してしまいました」

謝るために豊子が躰を帝のほうに向けると、帝が眉根に皺を寄せていたが、不快というよりも、何か耐えがたい喜びを得たような表情だった。

「いや、うれしかっただけだ。私とて、豊子がしてくれたら、なんでも気持ちいい。私の裸をいやがらないでおくれ」

「いやがるなど……そんなことありえませんわ」

豊子は、おそるおそる胸板に手を伸ばす。豊子の躰とは全く違う。無駄な贅肉《ぜいにく》がなく、がっしりとした筋肉は、思いのほか硬くなく、なめらかな触り心地だった。

「これが……主上の裸……！」

とたん、敦行が呆れたように半眼になり、上体を起こす。

「いいかげん、社会見学の対象から私を外してくれないか」

豊子は、近くに抛《ほう》られていた裾の長い下襲をずるずると引っ張り、肩にかけて身を隠しながら、起き上がった。

「社会？　物語の舞台見学です。主役である主上は外せませんわ」

帝が身を乗り出し、豊子の手を取ってくる。

「宮中を舞台にした物語は全て過去のものだ。これから始まるのは私たちの物語で、主役はもちろん豊子だよ？」

そう言って帝が手の甲にくちづけてきた。

「私が主役？」

「そうだ。豊子は帝の寵愛を一身に受ける女御なのだから」

「寵愛……主上が私を、ですか？」

「ほかに誰がいる？　また『主上』に戻っているぞ。敦行と呼びなさい。主役なのに愛する男を主上と呼ぶ物語など、つまらないだろう？」

慈しむように豊子の手に敦行が頬ずりしてくる。その間《かん》も彼の黒曜の瞳は豊子を捕らえて離さない。

「あ……敦行様」

「よくできた。様は、おいおいなくしていけばいい。豊子はこれで名実ともに主役で、私のただひとりの女御だ。これからは力任せに几帳を持ち上げたりしてはいけないよ？」

敦行が悪戯っぽい目で見てくる。まるで桜の君と話しているときのようだ。

「あのときは、桜の君が隠れないから！　見つかったら大事《おおごと》になると思って……。私だって普段は几帳を持ち上げたりしません」

「その調子。そのくらい元気なのがいい。わかっているよ。頭弁だった私を守ろうとしてくれたのだろう？」

敦行が豊子の毛束を取り、そこにくちづけてくる。そういえば宿所でも髪を触られた。

「敦行様は今上帝《きんじょうてい》であらせられるから、守る必要もなかったのに……でも、あのときは必死で……」

その瞬間、髪を背後にばさっと払われ、敦行に抱き寄せられる。

「豊子のそういうところ、好き」

胸板に顔を預ける体勢になり、豊子は胸筋に頬をすりすりした。

「私も……好きです」

敦行が豊子の躰を覆っていた下襲をはぎ取る。

豊子はぶるっと震えたが、それは、寒さよりも快楽の予感によるものだった。

「おいで。温め合おう」

敦行が豊子を大腿にのせる。さっきのように横抱きではなく、向かい合わせで脚を開かされたものだから、豊子は一瞬、慌てたが、ぎゅっと抱きしめられると、そんなことはどうでもよくなる。初めて素肌と素肌を重ねた悦びに酔いしれる。

——敦行様とひとつになったみたい。

「最初から、ひとつだったみたいだな」

驚いて豊子は顔を上げた。

「敦行様も？　私もひとつになったみたいって、今思っていたところです」

敦行が、ふっと、やわらかな笑みを浮かべた。

「そんなことを言われたら、また繋がりたくなってしまうだろう？」

上背のある敦行が背を屈めて唇を重ねてきた。唇が触れると同時に、舌を押し込まれる。口内を探るように舌でまさぐられた。それだけで、腹の奥で熾火《おきび》となっていた愉悦が再び燃え上がり、下肢がじんじんしてくる。

それも仕方ないことだ。今やふたりの間を隔てるものは何もなく、豊子は、乳房で彼のたくましい胸筋を、太ももで彼のがっしりした大腿を直に感じとっているのだから。

ちゅっと音を立てて唇を離した敦行は、背に腕を回して豊子の躰を少し後ろに倒し、乳頭にかぶりついた。

「はぁ……」

豊子は顔を上げて、熱い息を吐く。御帳台の天蓋は灯籠に照らされて橙色《だいだいいろ》に染まり、美しかった。そこに、乳暈を舐る淫猥《いんわい》な音が響く。ぞくぞくする。彼を待ちかねて陰唇がひくついているのが自分でもわかった。

ただでさえそんな調子だというのに、腰をつかんでいた彼の大きな手が前に回りこみ、下腹を撫で回されれば、昨晩、奥深くまで剛直に埋めつくされた感覚が蘇る。

豊子は陶然と目を細めた。

彼の手が下がり、淡い叢《くさむら》を越えてくるものだから、もうたまらない。

そのとき指が、かすかな尖りをとらえた。

――え？　何、ここ……？

「あっ……あ？」

芽のような小さなふくらみをくりくりといじられていくうちに、とてつもない愉悦の奔流《ほんりゅう》が全身を駆け巡っていく。まるで自分の躰が自分のものではなくなっていくようだ。

嬌声が止まらなくなる。しかも、とろりと蜜が流れ出た。下肢が熱く引きつる。

「さっきより感じやすくなっているようだな？」

濡れた乳暈に彼の息がかかり、それがまた豊子を昂らせる。しかも、芽のようなものをもてあそんでいた手がさらに下がり、濡れに濡れた恥丘を覆われる。

敦行が、そこで手をぬるぬると前後させた。

「はぁ……あ……おかしく……」

敦行は手を外すどころか、沼に指を沈ませ、放っておいたほうの乳首をなだめるようにべろりと舐め上げた。そのときの敦行は、今まで見せたことのない野心的な目つきをしていて、豊子は躰をびくびくとさせた。

「あ、ぁ、あ、あ」

その音しか発せなくなったかのように口をぱくぱくと開け、豊子は顔をふるふると振る。指がもう一本増やされた。気づくと豊子は彼の腰に膝をすりつけていた。

「豊子……可愛い……私の腕の中でもっと乱れるがいい」

「あ……だめ……これ以上……私……どうして」

気持ちよすぎて何がなんだかわけがわからない。

「もう限界か？　実は私もだ。……わかるか？」

「ふぁ？」

さっきから豊子の臀部の谷に当たっている硬いもののことを言っているのだろうか。

「また、ひとつになろう」

耳元で掠れた声で囁かれ、ぞくっと全身を震わせた瞬間、豊子は躰を浮かされる。

敦行が両手で豊子の腰をつかんで支え、切っ先をあてがうと、ぐ、ぐぐと、少しずつ下ろしていく。すると、下肢に痛みが奔《はし》った。

「いっ」と、豊子は腕をつかんでいた手に力をこめてしまう。

「痛いのか?」

「ううん、ううん、いいの。それより敦行様と……ひとつになりたい……」

「そうか……私もだ……」

照れたように目を伏せたあと、再び豊子を見つめる彼の瞳は、打って変わって野性味にあふれていた。豊子の腰を引き下ろし、剛直で一気に突き上げてくる。

「あ……ぁあ」

豊子が腹の奥の路《みち》を彼の形に変えた悦びに浸るのも束の間、敦行が再び下から腰を押しつけてくる。すでに奥深くまで埋められているというのに、何度も何度も。そのたびに豊子は浮かび上がり、乳首と蜜壁を同時にこすられ、愉悦が全身に飛び火していく。

「は、はぁ……お願……止まって」

「どうした?」

どこまでも優しい声に、蜜口がひくついて反応する。心だけではない。全身の感覚全てが今、敦行に向かって開かれているのだ。

「このまま、ぎゅっとしていて……」

豊子は彼の背に手を回して身を預ける。

「豊子……本当にひとつになったな」

「ん……しあわせ」

豊子は汗で少し湿った胸板に頬ずりした。気持ちいい。

「私も、しあわせだ。じっとしていたら、心臓の鼓動が伝わる。……しかも、豊子の中、温かくて、ひくひくして……。これ以上は無理だ。すまないが、動くぞ」

敦行が豊子をそっと押し倒し、前後に揺さぶってくる。違う角度で中を抉られ、豊子はびくんと顎を上げて喘いだ。そのとき彼と目が合う。彼の眼差しに熱がこもった。

「顔……見たかったんだ」

きゅんと、豊子が胸をときめかせたとき、中でも彼を締めつけてしまった気がする。

「そんなふうに、私をからめとって……」

敦行がもう我慢ならないとばかりに抜き挿しを速めた。彼に強く求められる幸せに酔いしれ、蜜がかき出される淫らな音で頭をいっぱいにしているうちに、豊子はどんどん高みへと羽ばたいていく。やがて、「あっ」と、小さく叫んで全身を弛緩《しかん》させた。

第四章　恋に沈む

　豊子が起きたら、朝だった。きっと、朝だと思う。夜御殿《よるのおとど》は密室なので、本当のところはよくわからない。わかるのは、豊子が御帳台《みちょうだい》の中でひとり横たわっているということだ。躰に下襲《したがさね》がかけてあった。敦行が袍《ほう》の下に着る衣なので、敦行のように大きく、彼の匂いがする。だが、中の人がいない。

　心細くなり、御帳台から顔を出す。視線を落とすと、床に桜花の塊が置いてあったので、手に取った。それは満開の桜の折り枝で、枝と枝の間に文《ふみ》が差されている。

　文を広げると、和歌が記してあった。春爛漫《はるらんまん》だというのに、あなたと飽くことなく抱き合っていたいという内容で、〝飽き〟と〝秋〟がかけてあった。

　これは物語でよくある、男女が事後の朝、別れを惜しんで詠む歌ではないだろうか。

　――これが……主上《おかみ》の後朝《きぬぎぬ》の歌！

　和歌の横に、御前の議で少し外しているが、弘徽殿《こきでん》に戻らずにここで待っていてほしい、西側の障子を開ければ朝餉《あさげ》もあると、急いで書いたらしき文があった。

——私が起きるのをぎりぎりまでお待ちになっていたのでは……。

爆睡していた自分を呪うような気持ちで下唇を噛んだところで、妻戸のほうから年配の男性の声が聞こえてきた。

——そういえば、主上の御前で大臣が上奏するのは昼御座《ひのおまし》よ！

今さらながら、すごいところに寝所があると思いながら、妻戸に耳をつける。

そのとき父親のまじめな声が飛び込んできて、慌てて耳を離した。家ではただの丸々した狸だが、ちゃんと仕事をこなしているようだ。

——それにしても……。

親が働いているところから壁一枚隔てて、一糸まとわぬ姿でいるなんて、背徳感が半端ない。豊子は再び御帳台に入って自身の衣裳をかき集めた。衣の上で睦《むつ》み合っていたので、どれもぐしゃぐしゃになっている。自分ひとりで着つけたことなどないが、これも挑戦と思って、しわを伸ばしてなんとか身に着ける。

西側の障子を開けたら朝餉《あさがれい》の間があるはずだ。開けると、すぐそこに見覚えのある女官が控えていて、知り合いに情事の現場を見られたような気まずさがあった。

「女御様《にょうごさま》、主上よりお食事のご用意を承っております」

と言われたものの、厚畳は帝にしか許されない最も格式の高い文様の縁《ふち》付きで、座るわけにはいかない。

「あの……私がここで食べていいものでしょうか？」

「主上より、ここで召し上がっていただくようにとのことでした」

「主上は、おひとりで朝食を召し上がってから、御前の議に行かれたということですね？」

「さようです」

——初日から女御失格だわ……。

畳に腰を下ろすわけにいかず、床に座っていると、「第一膳でございます」と、女官が持ってきた四脚付きの膳には、小さなお皿に色とりどりのおかずが少しずつ盛ってあった。

「まあ、きれい」

昨晩、汗をかくほど動いたせいか、すごくお腹《なか》がすいている。豊子は早速、箸をつけた。

——これが、清涼殿の朝餉……！

豊子は目を閉じて記憶に刻むように、ひとつひとつ、しっかり味わった。第三膳まで終わると、お茶を出される。

——こ、これは御所内にある茶園で採れたお茶では!?

お茶など滅多《めった》に飲めない。ありがたがって少しずつ味わいながら飲んでいると、夜御殿との間の障子が開いて、敦行が顔を出してきた。立派な束帯《フォーマル》姿が神々しくて目を細める。

——小袖だけのときもたくましくて素敵だったけど……これぞ主上って感じ！

「豊子、ようやく起きたか」

帝に実名で呼ばれるという現実がまだ受け入れられない。

「主上、寝汚《いぎた》なくて申し訳ございませんでした」

さすがに人前で名前を呼ぶのははばかられ、主上という呼び方に戻した。

「お茶を飲んでいるということは、もう食べ終わったのだな？」

「ええ。おいしゅうございました」

敦行が腰を下ろし、背後からしなだれかかってくる。耳元でこう囁かれた。

「では、今度は豊子が食べられる番だ」

豊子は、ぎょっとして横目で女官を見ると、顔が梅花のように真っ赤になっているではないか。しかも、見てはいけないものを見たかのように目を背けられた。

――絶対、聞こえてる！

「あ、あの、ここは人目がございますし……、主上？」

人目をはばかるどころか、見せつけるように、敦行が高い鼻梁《びりょう》で髪をかき分け、耳にこすりつけてくる。

――敦行様は天子様だから、女官が人形みたいに見えているんだわ！

「あ、あの……主上、私、そろそろ弘徽殿に戻らせていただきますね？」

敦行が顔を少し離し、不満げに見てくる。

──片眉を上げるこの表情、高貴な感じがしていい、すごくいいわ。

豊子は、うっかりときめいてしまったが、すぐに良子の心配げな顔が思い出される。

「でないと、女房たちが心配します」

良子が豊子の身を案じているはずだ。

「女御はしばらく清涼殿にいると、使いの者がもう弘徽殿の女房に伝えている」

「え？　私、戻れないのですか？」

とたん、敦行が苛立った様子で「返すか」と言い放つと、豊子を抱き上げて夜御殿に入る。肩越しに見えた女官が口をあんぐりとさせていた。

「これでふたりきりだ」

御帳台に入ると、弾んだ声の敦行に背後から抱きつかれ、豊子はしあわせに打ち震える。

──一体、私、前世でどれだけ功徳《くどく》を積んだっていうの……！

「それにしても、全て自分で着てしまうとはな」

そう言って敦行が、何枚も重ねた絹をまとめて一息にはぎ取った。女人の装束というのは脱がしやすくできている。豊子はもう白小袖と長袴という下着姿になっていた。

「だって、着ないと朝餉の間に出られません」

豊子が顔だけ振り向かせると、敦行が石帯《せきたい》を取り、袍《ほう》を脱いでいるところだった。

「清涼殿《ここ》は女官だらけだ。そんなこと、気にしなくていい」

敦行が膝と膝の間に豊子を引き寄せ、背後から首筋にくちづけを落としながら、襟をずり下げ、胸を露わにさせる。親指と人差し指で胸の先をつまみ、こね回してきた。

「あっ」と、小さく叫んで、豊子は顔を傾ける。そのとき下肢がじゅんと潤ったのが自分でもわかった。

「ほら、見てご覧、もう尖ってきてる」

豊子が見下ろすと、乳房が彼の手で卑猥に形を変えていた。その中央の芯がぴんと立っている。恥ずかしくて顔を上げると、豊子を見下ろす敦行の伏し目がある。長い睫毛をかぶせた瞳が艶めいていた。

「豊子……昨晩、無理させてしまった。今朝は最後までしないようにする。だが……」

——だが？

敦行が、豊子の紅袴の長い裾を引き上げ、裾から左手を差し入れてくる。骨ばった大きな手が膝から太ももを這い上がってくる感触に、豊子は頭頂を敦行にこすりつけ、「は……ふぁ……ぁふ……」と、吐息のような声を漏らした。

「……もっと気持ちよくしてやる」

指が蜜口に触れた。そこはもう濡れており、中に指がぬるりと根元まで一気にすべりこむ。残されたほかの指に恥丘をくすぐられ、それもまた甘美な喜悦をもたらしてくる。

敦行が中指を隘路に埋め込んだ状態で、あの芽を親指でくりくりとしてきた。そのたびに、中指が蜜壁を圧してくるものだから、豊子は身悶《みもだ》えして涙を浮かべる。

「……指なら痛くないようだな」

気遣ってくれていたのかと、驚きと喜びが湧きあがってきたが、一瞬のことだ。乳首を強く引っ張られれば、再び、欲望に呑みこまれ、望むことは、ひとつになりたい、彼を自身の奥深くで直に感じたい、ただそれだけになる。

「……敦行……様……私、痛くても、いい……です」

息絶え絶えにそうつぶやいて顔を上げれば、敦行が片目を狭めた。

「そんな顔して……我慢しようと思っていたのに……」

言い終わらぬうちに、敦行は胸から右手を離し、豊子の袴をずり下げて押し倒す。うつぶせ寝の豊子の左右に膝を突き、自身の表袴《うえのはかま》、大口袴《おおぐちばかま》と、次々に帯紐を外してゆるめる。

「豊子」と、敦行が耳元で囁いて顎を取り、豊子を背後に向かせてくちづけてきた。豊子が肘を突いて半身を少し上げれば、すかさず胸元に手を差し込んでくる。

「あ……だ……め」

「禁止《だめ》なのか？」

そう問いながらも、敦行がその大きな手を広げ、親指と小指で、ふたつの乳首を同時に揉みこんできた。

「ぁあ……ちが……私が……だめに……なっちゃ……」

「いい、この私が許す。むしろ、もっとだめになるがいい」

敦行が豊子の髪をかき上げて片方の肩から垂らすと、開《あ》いたほうの耳に舌を這《は》わせる。

「んっ……ぁあ」と、豊子は首を仰《の》け反《ぞ》らせて喘いだ。そうしている間も、胸のふくらみに食い込んだ彼の指が淫らな動きをしていて、下肢に爛熟《らんじゅく》した熱が集まっていく。

「どこもかしこも敏感だな……可愛い……私の豊子」

豊子の臀部の谷間を先ほどから圧していた硬いものが脚の付け根に侵入してくる。脈打つ雄芯を直に肌で感じて、豊子は内ももを震わせた。切っ先が陰唇を押し開いていく。

「あ……あつゆ……きぃ……！」

敦行が豊子の顔の横に肘を突き、背後を覆ってくる。しこった乳首をもてあそびながら、みちみちと最奥まで埋め尽くしてきた。彼のがっしりした腰が、尻のふくらみによって前進をはばまれたところで、敦行が動きを止めた。昨夜止まってほしいと言ったせいだろうか、重なったまままじっとしている。

「豊子の中、ひくついて悦んでいる……辛くなったら言ってくれ……」

敦行が、豊子の頭の左右に前腕を着けると、ぎりぎりまで退《ひ》いてから勢いよく穿《うが》ってくる。背を彼の躰で覆われているせいか、さっきより奥深くまで繋がった気がした。

豊子はもう熱に浮かされたように喘ぐことしかできない。

自身の嬌声、臀部と腰がぶつかり合う音と水音、衣擦れの音、敦行の熱い吐息、そんな音が渦になって豊子を恍惚の境地へと誘《いざな》っていく。

「あっ」

豊子が褥《しとね》に倒れ込むと、敦行は背後から豊子を強く抱きしめ、熱いものを注ぎ込んだ。

「やはり、私たちは……比翼《ひよく》の鳥だ」

そんな敦行のつぶやきは、絶頂を迎えた豊子の耳には入らなかった。


豊子が気だるい躰を起こすと、公務があると言って、敦行が名残惜しそうに出かけていった。隣室の上御局《うえみつぼ》で、女房たちが持ってきてくれた装束に着替え、豊子が弘徽殿に戻ったのは、もう昼下がりだった。

——何日間も清涼殿にこもっていたような気分だわ……。

豊子が弘徽殿に渡り、縁側に面した部屋である廂《ひさし》に入ると、良子が迎えてくれた。もう何も心配することがないことを伝えようと、近づいたところ、良子がにんまりと笑った。

「女御様ってば、一夜でお顔が艶々になってらっしゃいますわよ」

さすが生まれたときからのつきあいである。顔を見ただけで理解してくれた。

「わ、わかる？　私、主上からめちゃくちゃ愛されてるみたいなの」

急に良子が周りを見渡したので、豊子が視線の先を追うと、女房たちみんなが呆気にとられたような顔をしている。

その中に雷鳴壺《かんなりつぼ》の尚侍《ないしのかみ》がおり、目が据わっていた
「お～め～で～と～ご～ざ～い～ます～」

尚侍が全くめでたくなさそうな顔をして、ゆっくりと言ってきた。

「あ、ありがとうございます。……本当にまさか、という感じですわよね？」

威厳に圧倒されて、こびへつらうような笑みを浮かべてしまう豊子だ。

「それだけ愛されていらっしゃるなら、すぐにでもご懐妊されそうですわね？」

尚侍が不機嫌そうに双眸《そうぼう》を狭めて周りを見渡すと、女房たちが緊迫した表情で、うんうんと小さくうなずくではないか。

豊子は恥ずかしくなって檜扇《ひおうぎ》を広げて顔を隠す。

「そ、そんな……気が早いというか……」

――いえ、昨晩の調子だとすぐにできそう……。

少し前までは、豊子は結婚せず、仕事と物語に生きようと思っていた。そんな自分に子が生まれるなんて想像すらできない。

「これをきっかけに、主上が外でのお遊びをおやめになって、どんどん、おきさきを入内《じゅだい》させるようになれば内裏《だいり》がにぎやかになりますわね」

尚侍が、いやみったらしくそう言うと、張りついたような微笑を浮かべて去っていった。

豊子は今死んだ。しかも二回。一回目は敦行が御所の外で女遊びをしているところを想像して。あともう一回は、豊子はあくまで最初の女御にすぎないと思い知らされて——。

——そうよ。もともと結婚したくない理由ってそれだったじゃない。

自身の皇統を残すために多くのきさきを持つのが帝の宿命で、そこに寵を巡る争いが起こる。それを避けようとしていたのだ。

豊子は御簾越しに外を見遣《みや》る。清涼殿に近いということは、帝に召されたきさきがこの縁側を通って帝のもとへ向かうということだ。

そんなことが起こったら、豊子の心は本当に死んでしまう。

「女御様、お疲れでしょう？　さ、奥に」

良子に手を取られ、豊子はようやく現実に戻った。

いつもの畳座に腰を下ろしたときは絶望的な気持ちだった豊子だが、後朝の歌が書かれた文を広げ、敦行の情熱的な眼差しを思い出しただけで、気持ちが上向いてくる。

——敦行様のあの目に嘘はないわ！

「良子、主上に返歌をするので、書き物の準備をしてちょうだい」

すると、すぐに良子の指示で文机が運ばれ、その上に愛用の硯《すずり》の箱が置かれた。いつもは物語を書写するための筆が今日は愛を綴《つづ》るために使われるのかと思うと、いよいよ、敦行との物語の主役になったような気になる。

豊子は敦行からもらった文を広げ、隣に座る良子に見せた。

「ほら、見て。主上のお手蹟《て》、素敵でしょう?」

「まあ、男らしくて勢いがございますわね。でも、飽きるという選択肢が頭にあるということでしょう? せっかく今、これだけ愛されてらっしゃるなら、素敵な返歌で主上の心をしばらく繫ぎとめないといけませんわね」

——し・ば・ら・く?

その単語が少し引っかかるが、豊子がこんなにも帝に愛されているなんて、良子は知らないのだから仕方ない。

——しあわせって、人の心を広くしてくれるものなのね。

豊子は文机に向き合い、筆を執る。

『春だからって浮かれてそんなことを言って、秋になったら飽きてしまうのでしょう?』

——こんな歌を返したら、本当に飽きられるわ!

記した和歌の上に棒線を引いて、なかったことにした。

『私にはこれから一生、秋《飽き》が訪れそうにありませ——』

——でも、主上には訪れるんじゃ……。いえ、毎年誰にも平等に秋は巡ってくるわ!

返歌など、いつもならすぐに書けるのに、〝帝をしばらく繫ぎとめる〟歌となると思いつかない。

──現実は、雷鳴壺の尚侍が言っていたことのほうが正しいのよね。

「女御様ったら、にやついたかと思ったら絶望的な顔をして……どうなさったんです？

女御様のお手蹟はすばらしいから、きっと主上は惚れなおされることでしょう」

「良子ぉ〜、私、本を借りては書写しまくってきたかいがあったわ」

豊子は希望を見つけて瞳を潤ませた、そのとき、廂のほうでどよめきが起こった。

女房が御簾のこちら側に入ってくる。手にしているのは、もこもこの桜の枝だ。

「今、主上の使いの方からお文が届きました」

豊子は良子と顔を見合わせた。

「まだ返歌もしていないのに」

渡された文を開ければ、今から訪問するという内容だった。

──少しでも離れていられないんだわ。

「女御様、目も口も三日月みたいになってらっしゃいますよ」

「いけない。つい、しあわせがあふれちゃって」

隣家同然の近さなので、すぐに、御簾の向こうに、背の高い敦行の影が現れた。女房が御簾を掲げて、廂に招き入れる。

「ここまでしか入れてくれないということはあるまいな？」

年齢の割に落ち着いた低い声もたまらない。

——しかも、帝のときは少し声色を作っていて威厳があるのよね。

「もちろんでございます」と、女房が慌てた様子で答え、豊子のいる母屋《もや》のほうに敦行を案内する。

明るいところで見たのは、初対面以来ではなかろうか。御簾が上がると、あの美丈夫が目の前に現れた。

——まぶしい。

あまりの神々しさに手と手を合わせそうになったところで、彼の唇が弧を描いた。

「夜は艶めいた美しさがあるが、昼は可愛らしいな」

「ま、まぁ」

——女房たち、絶対、聞き耳を立てているのに！

顔がどんどん熱くなっていく。豊子は檜扇を広げて顔を隠した。

敦行が廂のほうに振り返る。

「皆、私が呼ぶまで、下がっていなさい。私の女御は照れ屋だからな」

「は、はい」

女房たちの返事には、信じられないという驚きが含まれていた。一斉に衣擦れの音が立ち、やがて静寂が訪れる。

「文を書いていたのか？」

敦行がのぞきこんでくるではないか。返歌の推敲《すいこう》の過程を見られては、恰好がつかない。

「ええ……。朝いただいた歌にお返事をしようと思いまして」

文机の上にある書きかけを袖で覆ったというのに、袖の下から紙を一枚抜き取られる。

「へえ、こんな恨みごとみたいなことも考えるんだ？」

豊子はその紙を敦行の手から取り上げ、紙類をまとめて文箱《ふばこ》の下に隠した。

——こんな舞台裏、見せたくなかったのに～！

「だって物語や日記では、普通の公達《きんだち》だって妻《さい》をたくさんお持ちでしょう？　ましてや敦行様は帝でいらっしゃるんですもの」

敦行が、おやおやという感じで目をわずかに開いたあと、豊子の斜め後ろに腰を下ろし、背に寄りかかってくる。

「豊子が帝に楯突《たてつ》いてまで、桜の君に操を立てようとしてくれたのに、ほかに、きさきをもうけるわけがないだろう？」

振り返るとすぐそこに、片方の口角を上げて横目で見てくる敦行の顔がある。

「敦行様……!?」

こんなにも誠実な男性が物語の中にいまだかつていただろうか、いや、いない！

背後から頰を寄せられ、豊子はしあわせに打ち震える。

——いえ、待って……！

こういう台詞をいろんな女性に言っている殿方は、物語の中にはあふれるほどいる。

──そういえば、帝といえば……！

「で、でも天子様だから、どなたかが添《そ》い臥《ぶ》しに参上されたのでしょう？」

添い臥しというのは皇子が、大人になる儀式である元服《げんぷく》を行った夜、公卿《くぎょう》の娘が添い寝することだ。その娘が、そのまままきさきになることが多い。

豊子が上体ごと敦行のほうに向けて、じっと見つめると、敦行が怖い怖いと言わんばかりに檜扇を少し広げて、口元を隠した。

「そういう女人はいたけど、私の場合、元服は十一歳のときだよ？」

「ど……ど……ど……どなた……ですの？」

豊子の中に残った、なけなしの理性が、聞かないほうがいいと指令を出してくるのだが、好奇心のほうが勝《まさ》ってしまった。

「雷鳴壺の尚侍、藤原紫子」

敦行があっさり答えてくるではないか。

──それで尚侍、あんなにいやみっぽかったの──!?

その彼女の前で、豊子は愛されていると、惚気《のろけ》てしまった。

「どうして、雷鳴壺の尚侍は女御になってらっしゃらないのです？」

「彼女は当時十六歳で、十一歳の子どもに添い寝しただけだ。少年帝の場合、過去にも女御にならなかった事例はある」

とはいえ、現在、帝はもう青年、しかも、ものすっごく美形なのである。女人としては割り切れない、というか、帝が成長した暁には、自分をきさきにしてくれるのではと期待してきたのではないだろうか。

そのとき敦行が何かに目を留めた。

「あの琴……。豊子の『春鶯囀《しゅんのうてん》』はすばらしかったが、あれで弾いたのか？」

話題を変えたいのか、敦行がそんな問いを発した。彼の視線の先に琴がある。

「はい、そうです。桜の君にひと目会いたくて必死で弾いておりました」

あのときの気持ちを思えば、今のなんとしあわせなことか。

「それより敦行様の笛が聴きとうございます」

「いつか合奏したいな」

「今でもできますわよ？」

豊子は膝立ちになって進み、小物を入れる棚の扉を開いて横笛《おうてき》を取り出す。

「いつもそばに置いているんです」

豊子が敦行に横笛を差し出すと、敦行が手に取って、感慨深げに横笛を見つめている。

「懐かしいな……これは祖父帝から受け継いだ横笛なんだ」

「そんな大切なものを、見ず知らずの子どもに？」

「見ず知らずじゃない。初めて会ったときから豊子に決めていた」

帝が真顔で言うことだろうか。豊子が絶句していると、敦行が笛を吹き始めた。

澄んだ音色に心が浄化されていくようだ。豊子は目を閉じてうっとりと聴き入った。

「ちゃんと手入れしてくれていたのだな」

敦行の声で、豊子は、はっとして目を開ける。

「手入れどころか口につ……え、いえ、そんなふうに吹けたら、どれだけ楽しいかしらと思って練習したのですが、どうしてもそんなにいい音が出ませんでした」

敦行がくすっと小さく笑った。

「豊子、変わってないな」

「え？」

「初めて会ったときも好奇心で目を輝かせていて……可愛かった。そのまま攫《さら》っていきたいほどに」

「ええ⁉」

驚きのあまり、豊子は檜扇を広げて顔を覆った。

「わ、私、あのとき、子どもでしたわよ？」

豊子が広げた檜扇の上に敦行が指を置いて下げる。目の前に敦行の優しい微笑があった。

「あのときすでに惹かれていたけれど、内裏で、一介の公達として豊子と交流していくうちに、かけがえのない存在になった。桜の君が好きだから、きさきにはなりたくないけれど、仕事で帝の役に立ちたいと言っていたよな？　その豊子が桜の君を、帝から守ろうとしてくれた」

豊子に向けられた愛情に満ちた眼差しが尊すぎてまぶしい。

「そんな……」

――買いかぶりだわ。

豊子は褒められ慣れてないから、どう対応したらいいのかわからず固まってしまう。

「豊子、今度は君の番だよ。琴を弾いてくれないか」

「あ……はい。もちろんです」

すると、敦行が立ち上がり、琴を取りに行ってくれた。なぜか豊子の背後に回ってから、豊子の前に琴を置く。

――この位置関係は一体……？

豊子は今、琴と敦行に挟まれている。てっきり琴を弾く豊子を、少し離れたところから見守ってくれるのかと思っていたのだが、これでは豊子の手元しか見られないではないか。

しかも「衣が邪魔だ」などと言って、敦行が、豊子の単と五衣《いつつぎぬ》、唐衣《からぎぬ》をまとめてぬぐい取り、その抜け殻のような衣の束を横に置いた。

豊子はとたん、白小袖と長袴という下着姿になる。男性の表衣の袍はだぼっとしているため、豊子の背に、固くて厚い綾織物《あやおり》が当たった。

敦行が豊子の髪束を耳にかけ、背後から耳元でこう囁いてくる。

「琴を聴かせてくれ」

彼の掠れた声とともに息が耳にかかり、豊子はびくっと肩をすくめてしまう。朝方の官能が蘇りそうになり、慌てて抑えつけた。深く息を吸ってから豊子は琴を弾き始める。

背後で感嘆するような吐息を感じて豊子はうれしくなる。緊張感を持って続けた。

――大丈夫、うまく弾けているわ……私。

それなのに、敦行が軽く耳を噛んでくるではないか。

少し音を外してしまう。

「あ、敦行様……今、私……真剣なんです」

「ああ。すばらしい音色だ。私のために頑張ってくれて……うれしいよ。でも、すごく緊張してる。私がほぐしてやろう」

敦行がそう言って耳朶を口に含んだものだから、豊子はまたしても音を外してしまう。

豊子は手を止め、恨めしそうに背後に振り向いた。

「聴きたくないんですか?」

「聴きたい。でも、聴きながら愛でたいから続けて」

濡れた耳に息がかかって、豊子はぶるっと小さく震える。

「む、無理です……わがまま言わないで」

「このくらいでもう感じてしまうのか？　では、一度満足させてからにしないと」

敦行が、もっともらしいことを言って、豊子の左右に脚を伸ばし、襟の間に手を差し入れてくるではないか。

豊子は前屈みになって手を振り切る。

「こんな明るいうちから、そんな……」

「では、あそこの帳台に入ろうか」

奥にある豊子の帳台を指《さ》される。帝の御帳台ほど大きくはないが、帳《とばり》が四方を囲み、中は薄暗い。

「いえ……あそこは……」

——あそこは寝る場所よ～！

「では続きを弾いてもらおうか。この私が弾けと言っているのだから手を休めてはならない」

急に威厳のある口調になった。こんな勝手な命令なのに悦びを覚えるのはなぜだろう。喜んで従いたいような気にさせられる。豊子は再び琴に手を置いた。と、同時に、するりと襟から中に入り込んできた骨張った指に乳房をわしづかみにされる。

「……ぁあ」

豊子は顎を上げ、琴から手を離す。

その声に何も反応することなく、敦行が高い鼻梁で髪をかき分け、うなじにくちづけを落としてきた。

――気持ちいい……。

豊子はぎゅっと目を瞑ってしばらく快感に耐えたあと、意を決して弾き始める。

――こうなったら、大曲『廣陵散《こうりょうさん》』よ！

弾き始めると、胸を揉む手が止まった。聴き入ってくれているようだ。そう思うとなぜか新たな愉悦が豊子の中で生まれた。自身の琴から紡がれる音を耳で、彼の手の温《ぬく》もりを胸で感じ、陶酔したような境地へと昇っていく。

――今までになく、うまく弾けている……！

曲を弾き終わるまで、ものすごく長いような、一瞬だったような気がした。

「漢代の重厚な古典曲じゃないか。こんなに巧みに奏でて……聴き入ってしまったよ」

敦行がそう感嘆したあと、頰を豊子の肩にもたせかけてくる。

「最初は『春鶯囀《しゅんのうてん》』が弾きたくて始めた琴ですが、『うつほ物語』で、天地を揺るがす琴の音という表現があったもので、あんなふうに弾けたらと憧れて、頑張りました」

すると、敦行の躰が小さく震えた。笑っているようだ。

「豊子は本当に物語が好きだな。天地を揺るがしたかどうかわからないが、私は、琴の演奏でこんなにも心を揺さぶられたことがないぞ」

豊子は、天地でなく天子を揺るがしてしまったようだ。

「光栄で……ものすごく……うれしいです」

喜びのあまり涙を浮かべて顔を振り向かせると、彼の黒曜の瞳が輝いた。そのままくちづけられる。目を閉じるのが惜しいぐらい、明るいところで間近に見た敦行は美しかった。唇が離れると、彼の半ば閉じた物憂げな瞳が艶《つや》めく。乳房をつかんだまま止まっていた彼の手が再び動き出す。

「あ……」

乳首を指間に挟んで乳房を揺さぶられ、うなじを強く吸われ、豊子はさっきとは違う涙を滲ませた。

「これ以上ないと思っていたのに、どんどん好きになる一方だ」

苦しげにそんなことを言われ、抵抗などできようか。

「敦行様……私……も……」

こんな日の明るいうちに、もう敦行が欲しくて仕方がなくなっている。その証拠に下肢が潤ってきていた。いつからこんな淫らな女になってしまったのだろうか。

――敦行様に躰を作りかえられてしまったわ……。

「豊子」

切なげにそう呼ばれ、長袴の帯をほどかれれば、昨晩植えつけられた情欲が蘇ってくる。

「抵抗しないんだな?」

「で……できません」

——できるわけがない。だって、もっと触れてほしい。

豊子が涙目で敦行のほうに顔を向けると、敦行が眉を下げた。困惑した表情にも見えたが、次の瞬間、襟をがっと大きく開かれ、ものすごい勢いで長袴の帯を解かれた。

「そんな顔して……。私を狂わせることができるのは……豊子だけだ」

敦行が、豊子の尻を浮かせ、長袴をずらすと、白小袖の裾から手を突っ込んで太ももを這い上げてくる。

「……濡れてる」

喜色を含んだ声を耳元で落とされたが、もう豊子に恥じ入る余裕など残されていない。あまりの愉悦に身を震わせ、口からこぼれそうになる嬌声を押し留めるので精一杯だ。

さすがに、躰の前から股ぐらを覆われたときは「ふ……」と、声を漏らしてしまった。

敦行がぬるぬると手を前後させ、やがて指をゆっくりと差し入れてくる。

「あ……」

豊子が腰を退こうとしても、脚を左右に広げた彼が背後にいて、たくましい大腿に退路をはばまれていた。しかもその中央に、硬いものを感じる。

——もしかして敦行様も……?

敦行も自分を欲してくれているようだ。豊子の中にしあわせな気持ちが広がっていく。

片方の乳房が彼の大きな手で覆われた。親指で乳首を弾かれ、またしても「……んっ」と声を漏らしてしまい、豊子は唇を口内に丸め込む。

その間《かん》も、深く差し入れられた指が蜜壁を探るように動いている。ある一点を突かれたとき、快感が頂点に達し「ぁ……あぁ」と、嬌声が口を突いた。

「ここがいいのか？」

敦行がそこばかりこすってくる。豊子が躰をびくびくさせながら振り返ると、敦行が今まで見たことのない顔をしていた。切なげにひそめた眉に、劣情をまとった瞳。夜御殿とは違い、明るいところで初めて目の当たりにした表情に、豊子は下肢をさらに熱くして、蜜壁で彼の指をぎゅっとしてしまう。

「いいみたいだな？」

そう言って、敦行が唇を覆ってきた。しかも舌で舌をからめとり、口外へと誘《いざな》ってくる。豊子が舌を差し出すと、なめらかで温かい口内に引き込まれる。彼の濡れた口腔《こうこう》を舌で感じ、ぶるっと身を震わせた。

すると、敦行が急に唇を離す。

「……また締まったぞ」と、舌なめずりをした。威厳のある眼差しのせいだろうか、そんなときも彼には品格がある。

豊子が目を離せないでいると、敦行が指を外して豊子の躰を浮かせた。下ろされたとき、濡れそぼった蜜口に弾力あるものが触れて、豊子は驚く。

敦行がいつの間にか自身の袴をゆるめていた。

「ひくひくしている。私を誘うかのようだ」

敦行が背後から掠れた声で囁き、滾ったものを下からねじ込んでくる。

「今、うねった」

「や……やめ……恥ずか……」

「耳が赤くなってる」

敦行が、豊子を自身の腰にぎちぎちと落とし込んでくるものだから、今までにない深いところまで剛直で埋め尽くされた。

「あぁ」と一瞬、声を上げてしまい、豊子はまた下唇を噛む。

「豊子、せっかく人払いをしたのだから、また、可愛い声を聴かせてくれ」

「……そんな……」

そもそも、豊子本人的には可愛い声など出した覚えもない。

腹の奥まで彼自身の形に変えられているというのに、もっと奥があるかのように、敦行が下から腰を押しつけてきた。豊子は、はずみで浮かび、中がこすれ、とてつもない恍惚に支配されていく。

豊子は、はぁと、吐息を漏らす。

「……あぁ、可愛い……もっと啼《な》いて」

うれしそうに敦行が何度も突き上げてくる。豊子は、前に回された腕に乳房を抑え込まれ、上下に躰を揺さぶられ、もう何も考えられない。あまりに快《よ》くて涙が頬を伝う始末だ。

「白い肌に梅花が咲いていくようだ。……どんどん美しくなる」

喜色を露わにした声が聞こえてくるが、豊子はその言葉に何も返せない。

揺さぶられるたびに、あえかな声が勝手に上がるのに任せるしかない。

「豊子、そろそろみたいだな。私も……」

「ああっ」

そのとき、太い根元で陰唇をなぶられ、頭の中で何かが弾けた。視界に幕が下りていく。

「とよこ……」と切なげに呼ぶ敦行の声を耳にしたのを最後に、豊子はぐったりと、敦行にもたれかかった。


「豊子様、先ほどよりさらに、肌が艶々になってらっしゃいますわ」

半刻前まで敦行が座していたところに良子が座り、豊子の髪を梳《す》いてくれていた。

「あ、あら……わかる?」

「ええ。豊子様がおっしゃっていた、主上にめちゃくちゃ愛されているというのが本当だとやっとわかりました」

乱れた下着を女房たちに直してもらったので、何が起きたかは周知となっている。いずれ宮中、ひいては都中の噂となることだろう。

良子が背後から耳打ちしてくる。

「女御様、桜の君のことはもうお忘れになったのですよね？」

ここにきて、豊子は良子にまだ伝えていないことにようやく気づいた。

――ここは慎重に。

豊子は顔を振り向かせ、小声で良子の耳元で囁く。

「ふたりだけの秘密にしてほしいのだけれど、桜の君の正体は頭弁殿《とうのべん》でなく、主上だったの」

良子が泡を食ったような顔で、櫛《くし》を持つ手を止めていた。

「良子？」

「申し訳ありません。あまりに驚いてしまって。そうなると全て丸く収まりますわね？」

「そう、そうなのよ。だから今、私、とてもしあわせなの」

「まあ、またおしあわせそうな顔をなさって。まさか本当に桜の君と添い遂げられるなんて思ってもいませんでしたわ」

自分のことをわかってくれる人がひとりいるだけで、こんなにもしあわせは増幅するものか。ほかの人たちは主上に愛されている、ただそれだけで、豊子をしあわせ者だと思うのだろうが、豊子が二重の意味でしあわせだとわかってくれる良子の存在がありがたい。

「良子〜、良子がいてよかった。私、しあわせ者だわ〜」

涙が滲んでくる。

「はい、はい。御髪《おぐし》もきれいになりましてよ」

「ありがとう、良子」

そのとき良子が文机に目をやった。

「結局、返歌はどうなさいましたの？」

「実は、愛情いっぱいな歌をふたりで考えたの。返歌なのに共同作業……的な？」

良子がまた固まった。

「良子、どうしたの？」

豊子が良子の肩をたたくと、良子が、カッと目を見開いた。

「申し訳ありません。一生分の惚気をいきなり浴びたものですから……。えっと、女御様のお手蹟に主上は感嘆されたのでは？」

「さすが良子ね。想像通りよ。主上は私の字が美しいと感激して、この歌を生涯、大切にされるって……！　あと、琴の音《ね》にもすごく感動してくれたわ」

良子が刮目《かつもく》して空《くう》を見た。

「え？　空中に生霊でも飛んでいるの？」

すると、良子がカキンと首を回して、豊子に顔を向けてくる。

「いえ。一瞬、意識が飛んでしまっただけです。琴の音は聴こえてきましたわ。いつも上手ですが、今日は格別によい音色でした」

「そう、そうなの、それをわかってくれるのも良子だけよ。うれしい。それでこれからのことなんだけど、私、弘徽殿で蔵書を開放して、小さな図書寮にしようと思うの」

「それは……主上のご提案で？」

「いえ。今、思いついたの。私、物語のおかげでここまでしあわせになったでしょう？」

「そうでしたっけ？」

「そうよ。物語を書写していたら字がうまくなったし、琴だって『うつほ物語』の影響だし。だから、しあわせをお裾分けしようと思って！」

「確かに、物語からいい影響を受けましたわね。書物を開放することで、殿上人《てんじょうびと》や女官が弘徽殿に集まってにぎやかになることは、弘徽殿の女御の、ひいては右大臣家の権勢へとつながることでしょう」

「まあ。良子ったら、老練の女房のようよ」

そう言って笑った豊子の心には、希望が満ちあふれていた。

第五章　愛に耽る

敦行は、弘徽殿《こきでん》から出て清涼殿《せいりょうでん》へと渡りながら、豊子との昼下がりの情事を反芻《はんすう》していた。

豊子がいるのは母屋《もや》で、奥まったところにあるとはいえ、昼間だ。夜御殿《よるのおとど》に比べればずっと明るい。敦行に抱かれ、透き通るような白い肌を朱に染めた豊子のなんと美しかったことか。

敦行が清涼殿に渡ると、蔵人が待ちかねたように近づいてきた。

「主上《おかみ》、関白《かんぱく》様が上奏したいことがあると、殿上《てんじょう》の間《ま》にてお待ちでございます」

――やはり来たか。

女官の中に、兼政の息のかかった者がいて、朝餉《あさがれい》の間《ま》で、わざと豊子への寵愛を見せつけたので、早晩、何か言ってくるとは思っていた。

――だが、昨日の今日ぞ。

敦行は檜扇《ひおうぎ》を少し広げると、ぱんっと閉めた。

昼御座《ひのおまし》に通せば、兼政は格式高い束帯姿ではなく、狩衣《かりぎぬ》を着ていた。殿上で帝と対面するのに、この軽装は本来、許されないのだが、敢えてこれを着ることで兼政は自分が特別扱いされていると、ほかの殿上人に見せつけている。

ほかの者を従わせるための手なのかもしれないが、反感を買いがちで、何より帝の権威を貶《おとし》めるようなやり方が不愉快だ。だが、敦行はそんな気持ちをおくびにも出さない。

敦行が中央の畳座に腰を下ろすと、兼政が一礼し、その前の円座《わろうど》に座った。

――うつけ帝としては、兼政が呆れるくらい惚気てやらないとな。

「せっかくいい気分でおったのに、なんの用だ？　今宵、私は忙しいのだ」

「右大臣殿のご息女を名実ともに女御《にょうご》になさったとのこと、喜ばしゅう存じ上げます」

公卿《くぎょう》にとっては女御の父親が誰であるのかが一番の関心どころだ。だが、右大臣、源実忠にこだわっていると悟られるわけにはいかない。

「ああ。本当にめでたい。身分の高い女人はいいな。教養があるし、上品だ。しばらく外で遊び歩くのをやめるとするよ」

「それは、よろしゅうございました」

敦行は首を傾《かし》げ、閉じた扇で肩をたたいた。

「心配するな。弘徽殿の女御は、そなたの娘が大人になるまでの繋ぎにすぎぬ。二十一できさきのひとりもいないなど、恰好がつかないだろう？」

でしょうか?」
「これを機会に、雷鳴壺《かんなりつぼ》の尚侍《ないしのかみ》も女御に。いえ、ほかの公卿の娘も、入内《じゅだい》させてはいかが
　兼政は自身の娘が入内する前に、ひとりの女御に愛情が集中することを避けようとして
いる。だが、帝とて人間。いくらたくさん女人を娶っても大抵、ひとりを偏愛するものだ。
「まだ当分飽きそうにないので、ほかはいらぬ」
　――一生飽きるものか。
「さようでございますか。しかし、女人には月の障《さわ》りもございますし、ご満足いかない日
もございましょう」
　――そう来たか。
「まぐわいだけが目的ではない。そばにいてくれれば、それでいいのだ」
「……これはこれは、弘徽殿の女御はおしあわせでいらっしゃいます」
「ああ。しあわせにしたい。彼女は美しいだけではないのだ。明るくて、ともにいると楽
しい。しかも、知識も豊富で努力家だ。先ほどの琴の音は聴こえてきたか? 見事だった
だろう?」
　内裏《だいり》の女人に全く興味を示さなかった帝が身を乗り出して褒めちぎったせいか、兼政は
面食らったように檜扇で口元を隠した。
「……琴の音は聴こえて参りました。あのような難しい曲をあそこまで弾きこなす女人は、

私は存じません」

兼政の言葉で気分がよくなることがあるとは思ってもいなかった。

「そうだ。しかも、私の女御は能書家でもある。伸び伸びとした手蹟《て》が、彼女らしくてすばらしいのだよ」

扇を宙に広げてそう言ってから、敦行は気づいた。無理して惚気ようとしなくても、豊子について語っていれば、自然と惚気になるということに――。

「さ、さようでございますか。それは……ようございました」

兼政が引きぎみである。これが目的だったとはいえ、本当にうつけになったようで気分が悪い。

「今宵も女御を召すので、特に上奏することがないなら、下がってもらえないか？」

――これも本音だ。一刻も早く豊子を抱きしめたい。

「はっ。では、これにて失礼いたします」

兼政が立ち去ったあとも、敦行は座ったままでいた。扇を少し広げると掌にぶつけて閉じる。自分でも、ここまでひとりの女人に入れ込むことになるとは驚きだ。手を組みたいと思えた右大臣の娘が、たまたま好みで幸運だ、ぐらいな認識だったはずなのに――。

敦行は御簾へと視線を上げる。昨晩、あそこで、豊子は涙を浮かべてこう言った。

『桜の君が心配で……。私とのことが主上にばれて窮地に陥っているんじゃないかって』

——あの涙はこの世のどんな宝玉よりも美しかった……。

敦行は、帝としての敦行ではなく、敦行本人を愛し、守ろうとしてくれた豊子が愛おしくてならない。しかも、彼女は、まだ桜の君が帝だと知らないときに、帝のものにはなりたくないと、抱きついてきた。

——あんな情熱を隠し持っていたとは……。

自身の胸に顔を埋《うず》めて打ち震えていた豊子を思い出しただけで、敦行は、ぞくぞくと快感に侵されていく。

——早く会いたい……。

すると、御簾の向こうに人影が現れた。いつの間にか日が暮れていて、高燈台に火が灯されている。

「主上、私です」

本物の晴顕の声だ。蔵人頭《くろうどのとう》を兼任する頭弁《とうのべん》は帝の側近中の側近だが、ある密命でときどき御所から出している。敦行が晴顕の名を騙ったのは、あのとき彼が不在だったので、豊子と鉢合わせることがないと踏んでのことだった。

「入れ」と言って敦行は立ち上がる。まだ格子も下げていないので、ここでの会話は外に筒抜けだ。昼御座は密談には向いていない。

「では、失礼いたします」

御簾が上がると、昨晩、豊子が立っていたのとほぼ同じ位置に、人懐っこい顔立ちの晴顕が立っていた。敦行と背恰好《せかっこう》は似ているが、晴顕は犬のようなつぶらな瞳をしていて、顔は全く似ていない。

「待っていたぞ」

そう声をかけると、敦行は無言で晴顕を夜御殿の中に誘《いざな》った。きさき以外は召さない場所だが、ここは清涼殿で唯一閉じられた空間で、密談に適している。

また男色家だとか噂を立てられそうだが、豊子にさえ誤解されなければ、ほかの連中になんと思われようと構わない。

「ここに戻ってきたということは成果があったということだな」

敦行が晴顕を送り込んだのは、百年以上前、唐から渡ってきた医師《くすし》の末裔《まつえい》、丹波《たんば》家のところだ。

「それが……先帝のような経過で死に至る毒があったのです」

いきなり、すごい成果を告げられ、敦行は息を呑んだ。

「それは、なんという毒なのだ」

「毒鶴茸《どくつるたけ》……毒茸《どくきのこ》です。腹を下し、一旦小康状態になるのですが、日を置いてから、急に臓物が破壊され、もがき苦しみ死に至るそうです」

「なんと！　当日の食事から毒が検出されなかったのはそういうことか。毒が混入されたのは、激しい症状が起こる前だったんだな。父帝が亡くなられた秋なら、茸料理がよく出る。その茸はどこで手に入るのだ？」

「大宰府《だざいふ》から入った形跡はなく、植物博士などに当たったところ、国内でも秋に生える地域があることがわかりました。寒い地方でして、出羽《でわ》、越後《えちご》、陸奥《むつ》になります」

――陸奥！

関白、藤原兼政を取り巻く、ふたつの疑惑がひとつにまとまった瞬間だった。

兼政によって国司となった小野貞世。赴任地が陸奥だったというのに、どの受領よりも抜きんでて財産を蓄えている。それなのに地元の評判は悪くなかった。

つまり、小野は地元から重い税を取りたてる必要がなかったのだ。毒茸を提供したことで、兼政から多額の富を得た。その後も兼政に取りたてられているが、先帝殺害を共謀したとなれば、切っても切れない間柄になったであろうことは想像に難《かた》くない。

「父帝は病ではなく……兼政に毒殺されたのだな……」

口にしてみると、自身にずっしりと重くのしかかってきた。そんな殺人者に国政を任せているのだ。そして、その殺人者と自分は血が繋がっている。

こんなことを敦行が世間に明かすわけにはいかない。だからこそ、父帝は、『敵は近くで味方のような顔をしている。そなたも気をつけよ……』と警告してくれたのだ。とはいえ、その敵が敦行の外祖父なのか外伯父なのかは先帝も定かではなかったことだろう。

「……晴顕、おまえは頭弁にして私の乳母子。本来、このような汚れ仕事をするような身分ではないのに、よくやってくれた」

「いえ、主上が取りたててくださったおかげで橘氏なのに頭弁にまでなれました。少しでも恩返しできればと思っております。これからどうなさるおつもりですか？」

「先帝を殺《あや》めたとなれば、兼政をこれ以上のさばらせるわけにはいかない」

晴顕が心配そうに眉を下げた。

「大丈夫だ。手は打ってある」

「まずは、右大臣殿のご息女を女御にお迎えになり、手筈《てはず》通りにことを進めていらっしゃるようで何よりでございます」

「うむ……そうだ……予定……通りだ」

敦行は急に歯切れが悪くなる。晴顕が敦行の身を心配するものだから、豊子を娶って右大臣を後ろ盾にすると言って安心させたのだった。

――うん。まあ、事実と違わないぞ。

「弘徽殿の女御様はお美しく、明るい方と聞きました」

「うむ。幸いであった。政務をおろそかにするほど女御を寵愛している帝のふりをして、兼政を油断させようと思っている」

――これだって、私の真意には違いない。

それなのに後ろめたく感じるのは、本当に豊子を深く愛してしまったせいだ。

「さすがでございます。内裏では女御様がご寵愛を一身に受けている噂で持ち切りとか。女官たちの目からもそう見えるとは、主上の演技力はすばらしいですね」

晴顕が身を乗り出して尊敬の眼差しを向けてくる。いよいよ心苦しい。

「うむ。まあ、私の身の回りの世話をする女官からもそう見えるのなら、目論見《もくろみ》通りだ」

朝餉の間での豊子とのやり取りは強烈だっただろうから当然の結果だ。

そこまで思いを巡らせてから、敦行は、はたと気づく。

「待てよ。もしかしたら今、私が取っているのは悪手かもしれない」

晴顕が意外そうに、小さな目を全開にしたので、敦行は続ける。

「三年後、娘を入内させたい兼政にとって、女御は邪魔者だ。もし毒……」

毒殺と言いかけてやめた。言葉にしたら本当にそうなってしまいそうだ。

——それだけは避けねばならない。

「兼政が父帝を毒殺したならば、同じことをやりかねない。女御の身の安全のために、弘徽殿から清涼殿《ここ》に移そうと思う」

「それは妙案ですね。女御様は我らの希望の星ですから。もともと清涼殿には女御様が控えるための上御局《うえみつぼ》がございます。右大臣殿に早速お伝えしましょう」

「ああ。助かる。明日からでも女御が上御局に移れるよう、うまく取りはからってくれ」

「はっ。万事お任せください」

そう言うと、晴顕は水を得た魚のように夜御殿から出て行った。

敦行は、夜御殿《ここ》から上御局に繋がる、北側の障子に目をやる。ここを開けたら豊子がいる日が来るのかと思うと自ずと口元がゆるんだ。

と、同時に不安がどっと押し寄せてくる。

——こんなふうに浮かれていてはだめだ。

これからあの二十歳年上の老獪《ろうかい》な政治家と対峙《たいじ》するのだから、気を引きしめて望まないと、豊子を不幸にしてしまいかねない。

——そうだ、豊子だ。

今宵も召し上げると伝えたので、今ごろ、しびれを切らしているかもしれない。

敦行は、夜御殿から出て、女官に豊子を呼ぶよう指示する。半刻もしないうちに、上御局との間を仕切る障子が開き、豊子が夜御殿に現れた。

女官によって障子が閉められると、「敦行様、お会いしたかったです」と、豊子が抱きついてくるではないか。

「豊子、私もだよ」

そう言って、敦行は、豊子の名の通り、豊かな髪をそっと撫でる。

「……だから、弘徽殿から上御局に移ってくれないか」

「ええ？　また同じことを考えていらっしゃったなんて。私も今、上御局《あそこ》に住めたらどんなにいいかって思っていたところなのです」

ぱあっと顔を明るくした豊子が愛おしすぎて、敦行は豊子を抱き上げ、頬を寄せる。

——やわらかくて温かい。

そのとき、『私がなぜ急にこのようになったのか、自分の頭で考えよ』という父帝のうめき声が頭の中でこだました。

敦行はとっさに、豊子から顔を離す。

これは先帝からの警告だ。油断をしてはならぬと、敦行に伝えようとしている。

豊子が心配げに敦行を見つめていた。

「……どうなさったのです？」

「あ、いや。昔のことだ。父帝と最期に話したときのことが思い出されて……」

とたん、豊子の眉が下がり、その瞳が憂いをまとった。

「先帝がお隠れになったとき、まだ十歳でいらっしゃったのですものね。私はまだ父親を亡くす経験をしておらず、なんと申していいのかわかりませんが、そのお歳で耐えられる悲しみだったとは思えませんわ」

——そのうえ、あんな警告を遺《のこ》されて……確かに、十歳の私はよく耐えた。

だが、今となっては、あの遺言はありがたい。自身の皇統の正当性を保証してくれる。

もし、敦行が先帝の本当の子でなければ、あんな警告を遺してくれなかっただろう。

実際、母が身ごもるまでは、父帝には母しか女御がおらず、関係は良好だったと聞く。

「父を亡くしたのは、もう、十一年も前のことだ」

敦行は豊子を横抱きにして、御帳台《みちょうだい》の中に入って座った。すると、豊子が身を起こし、膝立ちになって首をかき抱いてくるではないか。慰めようとしているのだろう。

敦行は彼女の肩に顔をもたせかけた。

「……豊子のおかげで、夜御殿が嫌いではなくなった」

豊子が跳ねるように躰を離し、見つめてくる。

「ずっと、お寂しかったのですね」

そんなことを考えたこともなかったので、敦行は驚き入った。しばらくの間、黙り込んで豊子を見つめ返すことしかできなかったが、ようやく声をしぼり出す。

「そう……かもしれない」

豊子が諭すようにこう言ってきた。

「でも、今は私がおりますわ」

そうだ。今は豊子がいる。このしあわせを完璧にするために、そして豊子をしあわせにするために、敦行はこれから一世一代の戦いを仕掛けなければいけない。

すると、豊子がなだめるようにしなだれかかってきた。敦行は知らず知らずに険しい顔をしていたのかもしれない。豊子が上目遣いで見つめてくる。

「私はここで敦行様から愛をたまわって……夜御殿が好きですわ」

敦行は衝撃を覚えた。

そうだ。この部屋で生まれたのは帝たちの悲しみだけではない。愛が生まれたことだって幾度となくあっただろう。

「それに、夜御殿《ここ》は橘の実のような色をしていますわ。橘といえば、白い花を連想する方が多いでしょうが、私は、瑞々《みずみず》しい橙色がきれいなうえにおいしい実のほうを推したいですね。そう。そういえば、橘の葉は一年中緑だから、永遠を意味するんですよ」

豊子が早口になって必死な感じが伝わってくる。敦行にも夜御殿を好きになってほしいのだろうか。

「私は、夕暮れみたいだと思っていたんだ。闇に包まれる直前の。だが、そうか、永遠か」

敦行が死を連想する橙色に、豊子は永遠を見た。

「確かに、夕焼けのほうが似ていますわ。私ったら食べものの話などして……」

そう言って恥ずかしそうに笑った豊子を、敦行は思わず、ぎゅっと抱きしめる。

「あなたと出会えてよかった……」

なぜ今ごろこんなことを言ってくるのかと、きょとんとする豊子の口を、敦行は唇で塞ぎ、蕩けるような口内を舌で堪能する。そうしながら、幾重にもはおった衣をまとめて剝《は》がし、白小袖と袴だけにした。耳元から首筋に舌を這わせながら、豊子の襟を左右に引っ張って開《はだ》けさせる。ふるりとあふれ出た乳房の先端を舐め上げ、吸っただけで、豊子が陶然と目を細めて吐息のような嬌声を漏らした。

昨日今日と、敦行の愛撫にさらされ続け、豊子は感じやすくなっている。

「あ、敦行様ぁ」

甘えるような声で耳をくすぐられた。これだけで敦行は天にも昇ったような気になれる。

──そう言ったら、あなたはまた可笑《おか》しいって笑うかな？

翌朝、朝餉《あさがれい》の間で、敦行は膝に豊子をのせていた。

ふたり分を同じ器に盛るよう事前に命じておいたのは、こうやって食べるためだ。兼政にとって豊子は邪魔かもしれないが、敦行が命を落とすと、兼政は権力を失う。だから、敦行が毒を口にしそうなことは絶対にできない。

──我ながらいい案だ。

女官たちに見せつけておけば、兼政は清涼殿で毒をもろうなんて思わないだろう。

「あ、あの……主上、ここは高《たこ》うございます。お皿まで箸が届きませんし、隣に座るのをお許しいただけませんでしょうか？」

豊子は、人目があるところでは主上と呼ぶ。場によって切り替えられているのだ。

「食べたいものを言えば、私が取ってやる」

鼻梁で髪をかき分ければ、豊子の匂いに酔わされる。うなじにくちづければ、豊子がくすぐったそうに肩をすくめる。こんなに近いと食欲どころではないが、破瓜《はか》を迎えたばかりの女御を相手に昨晩、三連続してしまったので、さすがに今朝は差し控えたい。

――豊子には子作りを好きになってほしいからな。

「蒸鮑《むしあわび》はどうだ？　やわらかくて食べやすいぞ」

敦行は箸で取って、豊子の口元まで運ぶ。

だが、豊子は小さく首を振った。

「お、畏れ多いことでございます」

そのとき、豊子の視線は膳のほうを向いていなかった。横を向いて、女官の顔色をうかがっている。女官の目が気になるらしい。

敦行が豊子の顔をのぞき込むと、彼女は顔を真っ赤にしていた。

――なんと、可愛い！

「遠慮するな」

鮑を口内に押し込むと、豊子がしっかり味わいたいとばかりにゆっくり噛んでから呑みこんだ。兼政を牽制《けんせい》するための茶番だったが、結局、餌付《えづ》けを楽しむひとときとなった。

「今日は紫宸殿《ししんでん》で行事があるから、これから出るが、あとは頭弁の橘晴顕がうまくやってくれるから」

食事が終わり、朝餉の間に晴顕を引き入れて紹介したら、豊子が目を丸くして立ち上がった。きっと頭の中ではこう感嘆しているに違いない。

『これが……本物の、主上の乳母子！』と——。

晴顕が一礼した。

「初めまして。昨晩、右大臣邸にうかがったところ、右大臣殿は、弘徽殿の女御様が今後、上御局でお過ごしになるとお聞きになって、大層お喜びのご様子でした」

「まぁ。お仕事が早くていらっしゃるのですね。ご丁寧にありがとうございました」

敦行も立ち上がって、豊子に寄り添う。

「乳母子である橘晴顕は、私にとって最も信頼できる人間なのだよ」

「心強うございます」

そう言って微笑んだ豊子の顔は朝の光を浴びて透明感にあふれ、頬は桜色、唇は梅花、そして星空のようにきらめく瞳のなんと美しいことか！

後ろ髪を引かれる思いで、敦行は紫宸殿へと向かった。

第六章　花盛りに雨

弘徽殿《こきでん》の母屋《もや》で、豊子は文机に向かい、色紙《いろがみ》に『うつほものがたり』と書いた。

なぜ弘徽殿に豊子がいるのかというと、上御局《うえみつぼ》をたまわったとはいえ、まだ調度も何もなく、することがなくて暇だからだ。敦行が紫宸殿《ししんでん》へと出かけるとすぐに、豊子は弘徽殿に戻った。

「これで、全部ね」

書物を開放しようと、廂《ひさし》に文櫃《ふみびつ》を並べたものの、いちいち蓋を開けて、お目当ての物語を探すのが大変とのことで、文櫃の上に物語名を書いた紙を置くことにしたのだ。

そばに控えている女房に、豊子が物語名を書いた色紙の束を渡すと、彼女がそれを持って御簾の向こうに去る。これで良子とふたりきりになれた。

豊子は身を乗り出して良子に顔を近づけ、小声で話す。

「書物を開放したら、皆が喜んでくれて何よりだわ。女御《にょうご》になって、清書の仕事がなくなって暇だから、図書寮《ずしょりょう》の書物を借りて書写してどんどん蔵書を増やすつもりよ」

良子が膝を進めて、耳元で話してくる。

「女御様《にょうご》ってば、内裏《だいり》にいらしてから急に働き者になりましたわね」

「そういえばそうね。引きこもっていたときは、やりがいとか生きがいとかなくて、物語だけが心の支えで、ひたすら読んだり書いたりするだけだったものね」

――誰かの役に立てるってすばらしいことだわ！

「女御様はせっかくお美しいのにと、当時は嘆いておりましたが、まさか主上《おかみ》の目に留まるほどだったとは思ってもおりませんでしたわ。本当によかったです」

「天女だとかいろいろ噂を流してくれたみたいで、気苦労をかけたわね」

「いえいえ。今となってはそんな労力、全て飛んでいきましたわ。だって、このままいくと、女御様が国母《こくも》になるのも夢ではないんですもの」

「こ、こくも！」

国母とは帝の母親のことで、良子は、豊子が産んだ皇子が将来、即位するのではないかと言っているのだ。

――三日間だけで、どれだけ子種をもらったか知れないわ……。

いつ、子が生まれてもおかしくない。しかも次代の帝である春宮《とうぐう》は、敦行より年上。敦行にはものすっごく長生きしてもらう予定なので、敦行の皇子が次期帝に繰り上がる可能性は大いにある。

「こ、この国……それで大丈夫なのかしらね？」

不安になって、豊子はすがるように良子を見た。

良子が真顔になったが、すぐに自分に言い聞かせるようにこんなことを言ってくる。

「それは、主上がお選びになった女御様なのですから、きっと、だ、大丈夫ですわ！」

――敦行様がただの公達《きんだち》だったら、気楽だったのに～！

そのとき、廂のほうから声が上がった。

「弘徽殿の女御様、皇太后様のお使いがいらっしゃっております」

豊子は目を剝《む》いたあと、良子の袖を引っ張った。

「ほんまもんの国母、来たで」

「なぜ、そのような話し方に……!?」

「難波《なにわ》商人《あきんど》の生霊や」

豊子は良子に肩を取られ、揺さぶられる。頭がかくかく上下に動いた。

手紙をたずさえた女房が御簾のこちら側に入ってきた瞬間、豊子はなけなしの理性を発動させ、背筋をただす。

「お文《ふみ》がこちらに」

女房が、文箱を開けて差し出してきた。豊子は、中の文をむんずとつかんで勢い書面を開く。そこには、これから使いの者とともに訪問するよう、書いてあった。

――今かーい！

この母子《おやこ》は、どうしてこうもせっかちなのか。こんな身分の高い相手のところに訪問するとなると、それなりの準備が必要なことぐらいわかってほしい。

敦行の場合は早く会いたいだけだっただろうが、姑《しゅうとめ》となると、いやがらせの一種かと勘繰ってしまう。というのも、皇太后は関白《かんぱく》、藤原兼政の妹だ。公卿《くぎょう》上層部十一人中、唯一、藤原氏ではない右大臣、源実忠の娘など目の上のたんこぶではないだろうか。

将来、姪《めい》が入内《じゅだい》するとき邪魔になるような女御を今のうちにつぶしておきたいと、皇太后が思っても不思議ではない。

豊子はどうしたらいいのかわからず、文机の上に突っ伏した。

「下手に準備して遅れるより、こういうときは早いほうがよろしゅうございますわ」

そう言って良子が、豊子の上体を引き上げてくれた。

豊子は良子とともに梅壺に渡り、皇太后の前に出る。女性同士だというのに、御簾越しだった。国母ともなると、女御ごときには顔を見せられないのだろう。豊子のほうからはぼんやりと皇太后の影が見えるだけだが、天気がいいので、皇太后からは、豊子の表情もわかるはずだ。

――少しでもいい印象を持っていただけるよう頑張らないと。

豊子はできるだけ目をぱっちりと開けて、きゅっと口角を上げた。

「弘徽殿の女御は、これから上御局にお住まいになるとか」

御簾の向こうから聞こえてくる皇太后の声色には剣があった。

「はい。主上より、そのようにうかがいました」

――昨晩、敦行様と決めたばかりなのに、なんでもう伝わってるの⁉

よほど仲のいい母子なのだろうか。

「楊貴妃《ようきひ》の例もありますし、寵愛もほどほどにしていただかないと困りものです」

――よ、楊貴妃⁉

楊貴妃といえば、国が傾くほどに唐《とう》の皇帝が寵愛した美女中の美女である。それほどまでに豊子に入れ込んでいると、敦行が仲良しの母親に伝えたということか。

「楊貴妃は絶世の美女で舞踊も得意だったと書で読みました。買いかぶりですわ」

照れつつも皇太后の次の言葉を待ったが、少し間が空いた。

「……あなたも、まあまあ美しいわよ。せいぜい早く身ごもることね」

――え？　つまり国母になってもいいってこと？

「わ、私が主上の御子《みこ》を身ごもるなんて畏《おそ》れ多いと思ってあまり考えないようにしていたのですが、そう言っていただけるなんて……感激です」

またまた間が空いた。何かまずいことを言っただろうか。

――気にしない、笑顔、笑顔。

「帝がきさきを召したら、いつ子ができてもおかしくないでしょう？　この娘《こ》ったら何を言っているのかしら」

皇太后がぴしゃっと言い放った。苛立っているような気がする。

——なんとかしなきゃ。

豊子は頭の中で、今まで読んだことのある物語を広げて、正しい答えを探した。

——そうよ！　鍵は息子に似た孫！

「皇太后様、私、今、想像してみたのですが、主上に似てお生まれになれば、ものすごくお美しい赤君でいらっしゃいますでしょうね」

ひょ、と何か噴き出すような音が立った。

——今の音、何かしら？

「それもそうね。主上がお生まれになったとき、このような美しい赤君がこの世にいるものかと思ったものよ」

——やっぱり、敦行様ってば、生まれたときから美形だったんだわ！

「まあ！　私もそんな体験をしてみたいものですわ」

うっかり興奮してそう言ってしまったが、そういえば豊子の弟は母親似である。

「……ですが、もし私に似ていらっしゃったら、申し訳ありません！」

また、ひょっという音が立ったあと、むむむと、口を閉じたまま笑ったような声が聞こえてくる。うけを狙っているわけではなかったが、やはりこれは笑い声ではないか。

「まあ、どちらにも似るものですわ」

「そういうものなのですね」

弟も、口の形は父親似なのだった。豊子がそう納得したとき、縁側のほうから、ごほんと咳払いの声が聞こえてきた。

「母上、敦行です。失礼してよろしいですか？」

——もしかして、心配して来てくれたの⁉

豊子が振り仰ぐと、御簾を上げて、午後の光とともに敦行が入ってきた。

——ま・ぶ・し・い。

太陽光だけでなく、敦行の存在自体が輝いている。

「あら、怖いお顔。主上がここにいらっしゃるなんて珍しゅうございますわね」

——怖い？　珍しい？　仲がよろしくないの⁉

敦行が母后のいる御簾のほうを向いて微笑んだ。豊子にはわかる。これは作り笑いだ。

「母上に、女御を紹介しようと思っていたのですが、先を越されてしまいました」

女房が畳座を運んできたが、敦行は掌を向けて拒否し、豊子の隣に腰を下ろした。帝が板敷きに直に座るなどありえないのではなかろうか。実際、女房がうろたえた様子である。

——もしかして私が円座《わろうだ》すら出してもらえてないから？

今ごろになって、豊子は自分がかなり雑な扱いを受けていたことに気づいた。敦行のほうに顔を向けると、彼が神妙な面持ちで小さいうなずきで返してくる。

――私がいなくて心細かったことだろう。

彼の目がそんなふうに語っているように思え、豊子は胸を震わせる。

そのとき、またしても皇太后のむむむむむという声が響く。

「まあ、まあ、妬《や》けますこと」

敦行が皮肉な笑みを浮かべた。

「お笑いにならなくてもいいでしょう？　こういう仲になって間もないのですから」

――やっぱりこれ、笑い声だったのね！

口を閉じて笑うとあんな音になるような気がする。

「私も最近は体調を崩すことが多くて……でも、生きているうちに孫が見られるという希望が生まれました。弘徽殿の女御のおかげです」

そのとき、敦行が意外そうな表情になった。わずかだが目を広げ、しばらく何か考えてから、ようやく口を開く。

「こればかりは天の采配《さいはい》ですが、努力いたします」

――ど、努力……。

豊子は、うっかり子作りの努力について想像を巡らしてしまい、顔を熱くした。

「まあ、まあ。可愛らしい女御ですこと。私、気に入りましたわ」

またしても、敦行が意外そうにした。眉を上げて半眼になっている。

それから敦行は季節のことなど当たり障りのない話をして、豊子を連れ出してくれた。

豊子は敦行とともに弘徽殿に向かう。しばらくして豊子は安堵でほーっと息を吐いた。

「き……緊張しました」

敦行が歩きながら身を寄せ、間に檜扇《ひおうぎ》を広げて小声で囁いてくる。

「御簾越しで、しかも板敷きに直に座らされて、いじめられているのかと思ったら……母が豊子を気に入った様子だったから驚いたよ。母の笑い声を聞くのは久々だったな」

「円座はうっかり忘れたのではなくてわざとだったのですね。最初に気づいていたら、縮みあがって普通に会話できなかったところです」

「相変わらず鈍感だな」

敦行が小さく笑って、指先で額を小突いてきた。

豊子はその感触を逃がさないように、手で額を覆う。

「もし、気に入られたのだとしたら、物語のおかげなんです」

「物語の？」

「ええ。息子の妻を忌み嫌っていても、孫が生まれたとたん、和解したり、優しくなったりは、物語でよくあることです。ですから、主上に似た赤君が生まれるところを想像していただけるように、お話しした次第でございます」

――いけない、つい早口でしゃべっちゃったわ！

案の定、敦行が呆気に取られたような顔をしていた。

「母の機嫌がよくなったのは、豊子の機転のおかげだったんだな」

さすが帝ともなると、人が急に早口になっても気にならないようだ。海のような広い御心《みこころ》で、この国を照らされているのである。

「いいえ、私はただの物語好きでございます。でも、物語、すごいでしょう？」

「どうしてそこで得意げな顔になる」と、またしても額を指で小突かれた。

――桜の君だったときみたい。

こんなやり取りをしているうちに弘徽殿に着いた。女房によって御簾が掲げられ、敦行が中に入り、豊子がそれに続く。

文櫃から書物を選んでいたらしき女官が顔を上げ、帝の登場に目を丸くしていた。

敦行が女官を一顧《いっこ》だにせず、文櫃を見下ろし、「これは？」と問うてくる。

「あの……私、書物をたくさん持っているものですから、貸し出しを始めたのです。皆にも物語を読んでしあわせな気持ちになってほしいと思いまして」

敦行が文櫃の蓋に置いてある、物語名が書かれた色紙《いろがみ》を手に取る。

「この字は、豊子の手蹟《て》だろう？」

「ええ。物語名が蓋を開けずともわかったほうが便利だと思いまして」

「それはいい手だな」

敦行が、蓋が外された文櫃の前にしゃがんで中から冊子《そうし》を取りだし、ぱらぱらとめくる。

「……これは豊子が書き写したんだな。のびやかな手蹟だ」

「ええ。ここにある書物の半分くらいは私が書き写したものです。借りたら写さずにはいられない性分でして」

「これ一冊もらえるかな。豊子の字が欲しい」

その瞬間、周りの女房たちの目が、カッと見開かれた。

——敦行様ったら、内裏の女人の目を気にしないから……。

「差しあげますから、奥に行きませんこと？」

「それはふたりきりになりたいということか？」

その通りだ。人前で惚気られるならふたりきりのほうがいい。実際、敦行の台詞を聞いた女房たちが皆、ゆで蛸《だこ》みたいな顔になっている。豊子は慌てて敦行と母屋に入った。

「豊子、ふたりきりになるなら、あそこがいいだろう？」

彼が指差したのは部屋の奥で、そこにはどーんと帳台がある。

——またしても昼間っから？

御簾を隔てた向こうの廂には、ほかの殿舎から来た女官までいるというのに、ここでいたすのは大変抵抗がある。目を泳がせていると、敦行が屈んで耳打ちしてきた。

「ほかの者に聞かれたくない話があるんだ」

——私ったらいやらしいことを想像して……恥ずかしいわ。

豊子は、御簾のこちらまで付き添ってくれた良子ともうひとりの女房に目配せする。

ふたりが去ると、豊子は敦行と帳台の中へ入り、入り口の帳《とばり》も下ろした。御簾の向こうで衣擦れの音が一斉に立ったあと、だんだん小さくなっていったので、良子が気を利かせて人払いをしたようだ。

「何ごとでしょうか？」

豊子が向かい合って座ったのに、腰を引き寄せられ、敦行の肩にしなだれかかる形になった。顔が近くなり、内緒話に適しているといえば、適している。

「豊子とくっついていないと気が済まなくなってしまった」

豊子もそうだ。顔を上げれば目の前に敦行の形のいい唇がある。彼の顔が傾き、唇が触れ合う。それだけで心を奪われる。唇が離れても、敦行は顔を近づけたまま見つめていたが、再びくちづけようとはしない。本当に話したいことがあるようだ。

「私が清涼殿を出たあと、豊子はすぐ弘徽殿に戻ったそうだな？」

「ええ。上御局にまだ何もないから、することがないのです」

「今日中に、上御局に帳台や調度などを用意させるから」

「そんなことまでしていただくなんて過分ですわ。きっと父がそろえてくれますので」

「右大臣も頭弁《とうのべん》にそう言っていたようだが、私が待てない」

切なげにそう言われ、豊子は胸をときめかせる。

「はい。私も、普通の夫婦のように同じ屋根の下で暮らせるのはうれしゅうございます」

「豊子、書物を開放して、弘徽殿に人が集まるのは、すばらしいことだ。だが、しばらく、弘徽殿には来ないようにしてほしい」

そばにいてほしいというような甘い雰囲気ではなかったので、豊子はとまどう。

「勝手なことをして……申し訳ありません」

「そういう意味じゃない。弘徽殿は女御の殿舎として、にぎわったほうがいい。ただ、しばらく気をつけてほしいだけだ。もし、どうしても梅壺や弘徽殿に行かなければならなくなったら、何も口につけないでほしい」

「く、口に……？　飲み物も？」

「ああ」

「私が女御になったことを気に入らない方々がいらっしゃるということですか？」

敦行が視線を逸らし、何か考えてから、つぶやくようにこう言ってくる。

「……そんなところかな」

何か違う。だが、敦行が豊子のことを心配してくれているのは伝わってきた。

「私が上御局に移ることを皇太后様はもうご存じでいらっしゃったのですが、この話をしたのは昨晩ですよね？　しかもふたりの間だけで。敦行様がお伝えになったのですか？」

「そう思っていない顔をしているな。私と母が仲良く見えないからだろう？　その通りだ。伝わるのが早すぎる」

そのとき、敦行が片方の口角を上げたが、こんな昏い笑みを見たのは初めてだった。まるで敦行が敦行でないようで、豊子はぶるっと小さく震える。

「怖がらなくていい」

敦行が、豊子の頭を優しく撫でてきた。

「で、でも、口から入るもので警戒するとなると……毒ですよね？」

「私が食べるものには毒見がいるが、弘徽殿には毒見がいないから、念のためだ」

敦行が目を細めたが、豊子にはわかる。これは作り笑いだ。

「しばらくしたら、毒をもられる可能性がなくなるということですか？」

「そうだ。いっときのことだから、我慢してほしい」

敦行は何か隠している。その証拠に、この話は終わりだとばかりにくちづけてきた。口内に舌がぬるりと入り込んでくる。まるで口を封じるように――。

唇が離れたとき、目の前に、敦行の半ば閉じた耽美《たんび》的な瞳があり、このまま流されてしまいそうになる。だが、豊子は、なんとか彼の袍《ほう》に手を突いて、躰を離すことができた。

「梅壺でも気をつけるようにとのことですが……皇太后様がお孫君をお望みなのはご本心のように感じました」

――さすがに、皇太后様が私に毒をもることはないわよね？

「ああ。あれは意外だった。母本人でさえも、豊子に言われるまでは、心の奥にある願望に気づいていなかったのではないかな。豊子の機転のおかげだよ」

「さ……さようですか」

今は女御が豊子だけで、最も早く子ができそうだから期待されている、ただそれだけだ。皇太后の亡き兄の娘、雷鳴壺《かんなりつぼ》の尚侍《ないしのかみ》に子ができてほしいのが本心ではないか。なんといっても彼女は添《そ》い臥《ぶ》しに選ばれた女人なのだから――。

そのとき、ずきんと心が痛んだ。

「でも、私に子ができなかったら……私ではなく……ほかの……」

敦行は帝で、その皇統を継ぐ皇子が必要だ。豊子は最初の女御にすぎない。嫉妬できるような立場ではないのだ。

物語で、帝の寵愛を受けた身分の低い女人がいじめられるのを読んで、豊子は憤ったものだが、今、豊子はいじめた女人の気持ちがわかってしまった。いじめたほうも愛されなくて辛かったのだ。

――だからといって、あんな悪役にはなりたくない！

敦行が困ったように眉を下げた。

「そんなに思い詰めた顔をしないでくれ。私がいたら、梅壺になど行かせなかったものを。母の手前、努力すると言ったが、努力などせずとも、子種を注がずにはいられないから覚悟したらいい。唯一無二の女御として私の全てを受け容《うい》れるんだ」

ぼぼぼっと、豊子は顔が一気に熱くなる。

「た、大変。顔が火事です」

「そう、その調子。そういうほうが豊子らしい」

敦行が再びくちづけてきた。

「……んっ……も、もう、すぐそうやって……」

「そうやって？」

艶めいた眼差しを向けられて拒否などできるわけがない。

「……ずるいわ」

「ずるくない。ただ、豊子が好きで豊子が欲しいだけだ」

優しく額にくちづけられると、なぜか涙がひと粒こぼれ落ちた。

「あ、敦行様ぁ……」

現実は物語同様、甘くない。とはいえ、敦行と出会わなければよかったかというと、それは絶対にない。愛を知ってしまった以上、もう出会う前には戻れないのだ。

第七章　帝の袖の香

敦行は後涼殿《こうりょうでん》の宿所で脇息《きょうそく》に寄りかかっていた。

──それにしても昼間、弘徽殿《こきでん》に行ったときは焦ったな。

『女御様《にょうごさま》は、皇太后様にお呼ばれになり、梅壺に向かわれました』

女房にこう言われたのだ。母后は、敦行に避けられているのをわかっているので、儀式で不在の時間帯を狙ってきた。

母は、兼政の娘を皇后にしたいと思っている。そうすれば敦行の強力な後ろ盾《だて》となり、実家も繁栄すると信じているからだ。現に、長兄、兼嗣が亡くなってからは、その娘である雷鳴壺《かんなりつぼ》の尚侍《ないしのかみ》を推してこなくなった。後ろ盾のない女人など用なしということだ。

──おかげで、添い臥しの相手だったのに女御にせずに済んだ。

弘徽殿に寄ったその足で、先触れも出さずに敦行が梅壺に乗り込むと、案の定、母后が豊子に高飛車な態度で臨んでいた。

だが、どうやら豊子と話すうちに、孫という魅惑的な存在に取り憑かれたようだ。早く孫の顔を見たければ、二十一にして息子がやっと娶った豊子の存在は貴重だろう。

豊子のおかげで、母后と兼政が一枚岩でなくなるかもしれない。

敦行がそんなことを思い起こしていると、妻戸をたたく音がした。晴顕が無言で入ってきて閂《かんぬき》をかける。今、敦行が宿所《ここ》にいるのは、日中、清涼殿は人の出入りが多く、密談に向いていないからだ。

「主上《おかみ》、上御局《うえみつぼ》に、帳台も調度もそろいまして、女房たちが、弘徽殿から小物類を運び込み始めました」

「さすが、私の乳母子、仕事が早い。話があるのでここへ参れ」

敦行は閉じた檜扇《ひおうぎ》で自身の前を指し示す。

「はっ。失礼いたします」

晴顕が敦行のすぐ近くに座した。

「なあ、頭弁《とうのべん》、連日、帝の閨《ねや》に召される女御がいたとして、その政敵は何を願うと思う？」

「……仮の話として答えますよ？　死か……不妊でしょう」

「仮に、その女御が亡くなったとして帝が新たに女御を娶ったら、殺しても無駄になる。藤原氏同士のほうがよほど仲が悪いのだから、源氏の女御のほうがまだましかもしれないぞ」

「仮定が具体的な話になってきましたね。では、不妊や流産で時間稼ぎをするほうが得策と思われるかもしれません」

「おまえは丹波家で薬学を学んだのだろう？　不妊、または流産させる薬などあるものなのか？」

「子が流れるくらいの薬でしたら、本人の命も危うくなります。それはもう毒であって、流産させる薬とは言えないでしょう。妊娠しにくくなる、子が流れやすくなる、ぐらいならありますけど、効き目は薄いです」

「そうか。ないならよかった」

「よかった？」

「欲しくても手に入らないものは欲しくなる、そう思わないか？」

「それは、なんなのです？」

「妊娠をはばむような薬さ。それを公に売ることはできないが、何かの病気に効く薬の副作用なら、どうだろう。流産をうながすような強い副作用があるから、妊婦には与えてはいけないという偽薬だよ。その情報を流してみては？」

「そうしたら、兼政の手の者が買いに来るというわけですね？」

「そこまでうまくいくかどうかはわからないが、兼政と陸奥守《むつのかみ》だった小野、陸奥と毒鶴茸《どくつるだけ》、そして先帝の死因、この繋がりが偶然ではなく必然なのかどうかをはっきりさせたい」

「はっきりさせたあと、どうなさるおつもりですか？」

敦行は目を閉じ、父の遺言を反芻《はんすう》する。

『代々の帝の声に耳を傾けるのだ。さすれば自ずと進む道が見えるであろう』

——父上、ようやく私は進む道が見えました。

「もちろん、兼政を失脚させる。先帝を殺《あや》めた者に国政を任せているなど、代々の帝に顔向けができぬわ」

「はっ。では私は再び、丹波家に潜入して参ります」

「頼んだぞ」

晴顕が出て行くと、敦行は上御局に向かおうと、立ち上がった。


豊子は上御局の畳座に座り、脇息にもたれていた。清涼殿で暮らすうえで必要なものを弘徽殿から移し終わり、やっと一息だ。

そのとき、まるで見計らったかのように敦行がやって来た。彼の後ろで、蔵人がふたりがかりで大きな櫃《ひつ》を抱えている。

「女御が退屈しないように、図書寮《ずしょりょう》から、書物を運んできたぞ」

豊子は横に座る良子と顔を見合わせた。もともと内裏《だいり》に上がったのは、図書寮の書物目当てだったことを思い出して笑いそうになる。

蔵人たちは櫃を開けると、すぐに去っていった。

豊子は御簾から飛び出し、敦行に寄り添う。すると、良子が気を利《き》かせたのか、隣室へと消えた。

「豊子、中の書物を見てみてくれ。もし、読んだことのあるものばかりなら、また持って来させる」

豊子は櫃の中をのぞき込み、ある巻物を手に取る。

——これは……『雲隠《くもがくれ》』！

「『源氏物語』の、ずっと読みたかったのに手に入らなかった巻が入っていました」

一生読めないと思っていた巻を見つけ、豊子は感激のあまり泣きそうになった。

「そうか。それならよかった」

「皆も、きっと読みたがります！　じっくり読んだあと書写して蔵書を増やしますわ」

豊子が巻物を胸に抱くと、敦行がうれしそうに豊子を抱き上げて歩き始める。

「豊子の趣味は、書写だけじゃないだろう？　桜の精の物語も、皆が楽しんでいたぞ」

——さ、桜の精？

敦行の言葉を解するのに時間がかかった。桜の精の物語は、園子あての文《ふみ》に書いたもので、園子が早く次をと求めてくれるものだから、調子に乗って連載と称して文とは別紙に書くようになった。

「どうして敦行様がご存じなのです？」

園子は帝付きの掌侍《ないしのじょう》だから、身の回りのお世話をしているときに、話題にすることがあったのだろうか。

「知っているどころか、読んでいるよ？」

屈託なく言われ、豊子は目の前が真っ暗になった。永遠の命を持つ桜の精として敦行に似せた人物を主役に据えた物語だ。敦行にだけは知られたくなかった。様々な時代、いろんな土地で女人と愛を育む恋愛もので、豊子の恋愛への妄想てんこもりの作品なのだ。

「ど、ど、ど、ど、どうやってお読みになったのです？」

——まさか手紙をそのまま……？

敦行は帳台の中に入ると、膝の上に豊子を横向きに下ろして両手で抱えた。

「源掌侍《げんのないしのじょう》が、とてもおもしろい物語を書いたと宮中で話題になっていたので、読ませてもらったが、桜の木の上で横笛を吹く桜の精って、明らかに、私のことだろう？」

——死にそう。恥ずかしすぎて。いっそ死にたい。

「申し訳ありません……勝手に物語の登場人物に仕立て上げてしまって……桜の君の正体が主上だとは露知らず……」

豊子は呻くようにしか話せなかった。

「あのときは、豊子から聞いた話を掌侍が物語にしたのかと思ったけれど、今になって思えば、あれは豊子が書いたものだろう？」

「え？　源掌侍が書いたことになっているのですか？」

驚いて豊子は顔を上げる。目の前に彼の唇があって、どきっとした。

「ああ。冊子《そうし》になっていたから、掌侍が書き写したのだろうな」

「ま、まあ、あれが冊子になって……宮中で話題に」

――私が書いた物語を、たくさんの方が楽しんでくれたということ？

「いいのか。自分が書いたものなのに、ほかの作者になってしまって」

「今となっては、そのほうがありがたいです。主上を雛型《モデル》にして、女御が恋愛ものを書いたなんて由々しきことですわ。それに、私が書いたものが人様からおもしろいと思っていただけるような物語だったなんて本当にうれしいです。当時の私に教えてあげたいぐらいです」

――きっと作者名を聞かれて、園子は隠そうとして、なりゆきで作者になったのだわ。

敦行が小さく笑った。

「そういえば、桜の精の物語は、永遠に続く愛の話だ。前、夜御殿《よるのおとど》で橘の葉は永遠を意味すると言っていたが……物語というのは、作者らしさが出るものなのだな」

真顔で物語を分析されて、豊子が変な汗までかいてきたところ、敦行が頬をすり寄せてくる。豊子は、こうされるのが好きだ。深く愛されている感じがする。

「豊子、私を想って、あの作品を書いたのだろう？」

「……勝手に申し訳ありません」

「なぜ謝る？　ほかの者には私だとはわからない。私のことを桜の精と言ったのは豊子ぐらいだからな。この物語が私への恋文のようで……とてもうれしかったんだ」

豊子の頭の中は、突如、桜で満開になった。

――もう五月だっていうのに……。

「敦行様がうれしく思ってくださったなら……恥ずかしいけれど、読まれてよかったです」

そのとき、敦行がぶるりと小さく震えた。

「どうなさったのです？」

豊子が敦行の顔をのぞき込むと、敦行が苦しげに片目を狭めた。

「豊子……君こそ桜の精だよ。頬も唇も桜色……」

敦行が豊子の唇を食むようにくちづけてくる。それだけで躰が熱くなる。この三日間、昼に夜にと官能を植えつけられ、愛情をかけられるとすぐに躰の中で欲望が花開く。

唇を塞がれ、舌を強く吸われれば、下腹が切なく疼き出す。桜の精に憧れていたころから、豊子は遠くに来てしまった。桜の精は今や帝であると同時に、豊子を狂おしいほどに求めてくるひとりの男だ。

敦行が片襟を強引に引っ張り、胸元を開《はだ》けさせる。片方の乳房が露わになった。

「ここにも桜が咲いている」

敦行が乳暈にむしゃぶりついてくるものだから、豊子は袖をつかんで首を仰け反らせる。

「あ……ぁあ……」

昼は上御局で、夜は夜御殿で、豊子は連日、敦行から愛情と子種を注がれた。


そんなある日、敦行が普段と違う行動を取った。いつもは豊子と夕餉《ゆうげ》を食べるのに、豊子ひとりで、上御局《うえみつぼ》で食事をとるように言われた。

「今日は戻れないかもしれないので、夜御殿ではなく、上御局で休んでくれ。いい子に、清涼殿《ここ》で留守番しているんだよ」

つまり弘徽殿に戻るということだ。敦行はそのまま、後涼殿のほうに去っていった。

上御局で、黒塗りの膳を並べ、豊子はひとり、食事をとる。

朝餉《あさがれい》の間では膝上だが、敦行はここで食事をとるときは向き合って食べた。それはそれで、顔を眺めてしゃべりながら食事ができて楽しかった。

上御局こそ人の目がないのだから膝にのせてもいいのに、不思議なものだ。もしかして豊子との仲を見せつけることが目的なのだろうか。

——私の立場を、よくしようとしてくれていたの？

ひとりで食べていても、結局、考えるのは、敦行のことばかりだ。

——敦行様がいらっしゃらないと、こんなにも寂しいなんて。

物語や日記でよく書かれる、恋人の足が遠のいた女人の嘆きが初めて理解できた気がする。自邸で読んでいたときは、それならいっそ結婚なんかしなければ楽なのにと思っていたが、相思相愛の喜びを知ってしまった今、この気持ちを知らないままでいたほうがしあわせだったかと考えると、そうとも言い切れない。

そのとき、障子が開き、園子と女官ふたりが、膳を下げに来てくれた。

「園子、せっかく同じ内裏《とこ》にいるのに、なかなかおしゃべりの機会がなくって……よかったら、今、時間あるかしら？」

そう言って、豊子が隣を手で指し示すと、膳を下げる女官に園子が目配せした。

「はい。女御様、お相手させていただきます」

そう言って、豊子の横に園子が腰を下ろす。

「そんな仰々しい言い方、よしてよ。昔遊んだときのように話してほしいわ」

豊子は、敦行が、桜の君のときのように話してほしいと言ったわけがようやくわかった。恭《うやうや》しくされると、疎遠になったようで寂しい。

——敦行様と離れて初めて理解できることもあるものね。

「いえ、やはり、私は掌侍ですので、そういうわけにはいきません」

これは女官としての矜持《きょうじ》かもしれない。無理強いはやめておくことにした。豊子は気を取り直して、知りたかったことを尋ねる。

「ねえ、昔、主上が御所の外で遊んでいらっしゃるようなことを文に書いていたじゃない？　何か知っていたら教えてくれない？」

園子がぎょっとしたように目を見張ったあと、顔の前で手と手を合わせた。

「どうか、主上には、私がこんなことを言っていたなんて、申し上げないでくださいね」

「それはもちろんよ。園子が文で内裏のことを書いてくれなかったら、私、出仕したいなんて思わなかったもの。今ここにいるのは園子のおかげよ」

「私がきっかけだったんですね……」

園子が呆然としていた。まるで豊子に内裏に入ってほしくなかったようにも見える。

——私ってば、なんてうがった見方をしているのかしら。

「そうよ。私たち唯一、歳の近いいとこでしょう？　園子が内裏にいるのは、とても心強かったわ。包み隠さず、主上のこと、教えてほしいの」

「主上が……御所の外に遊びに行かれるのは、女御様が尚侍《ないしのかみ》として内裏に入られたあとも続いています。そして、おそらく今日も」

「きょ、今日も……」

敦行が豊子とこういう関係になってひと月近く経つ。豊子ひとりでは満足できなくなってきたのだろうか。いや、それなら、内裏に数多《あまた》の女人がいるではないか。

「そういえば、内裏の女性には興味がないって書いていたわよね？」

園子が神妙な面持ちになった。

「ええ。清涼殿だけでも、この通り、女官がたくさん侍《はべ》っていて、御簾も几帳も隔てることなく主上にご奉仕さしあげております。歴代の帝で、ひとりの女官とも関係を持たれなかった方なんていらっしゃらないのではないでしょうか。なので、皆、主上が女御様をご寵愛なさっているのを目の当たりにして驚いたものです」

──それは、多分、私が帝とは知らずに気安く接したからだわ……。

きっと敦行は外で、身分を隠したうえでの恋愛を楽しんでいるのだろう。

「そういえば、男色家という噂もあるとか……」

「そうなんです。おしのびでのおでかけは頭中将《とうのちゅうじょう》様とのことが多く、朝まで帰っていらっしゃらないし、頭弁様とは、夜御殿でふたりきりになることもよくあるのです」

どーんと、豊子は急に滝に打たれたような気分になる。

──もしかして、女官がいるところでだけ私を膝にのせて食事をしていたのって⁉

敦行は、女性も愛することができる自分を見せつけようとしていたのだろうか。

豊子は自分の足元が脆《もろ》く崩れていくように感じた。

それを見て、園子がほくそ笑んでいることに気づく余裕などあるわけがない。


そのころ、敦行が何をしていたかというと、頭中将の隠れ家の庭で、弓の競射《きょうしゃ》をしていた。夕暮れなので松明《たいまつ》の灯りが頼りだ。ふたりとも肌脱ぎをして、片側の上半身を露わにしている。

敦行は右手の親指を弦にかけ、左手で弓を持って高く掲げると、顔を的に向ける。

――兼政を斃《たお》せるなら、当たれ！

そんな願掛けをして矢を放った。

「お見事！」

矢が的の中心に当たっていて、敦行は、ほっと息を吐く。

頭中将が手をたたきながら、近寄ってきた。

「こう負け続きでは武官形無しです。それにしても、こんなに腕がよくていらっしゃっても、帝というお立場では披露するところがないのだから、もったいないですね」

「披露したくて練習しているわけではないから、いいんだ」

敦行は家人《けにん》に弓を渡した。

「とはいえ、主上が自身で防衛するところまで追い詰められたら終わりです。そうならぬよう、我々がお守りいたしますから」

「……守るのは自身ではない」

そう言いながら、敦行は左側の襟を引っ張り上げ、袖を通す。それを受けて、頭中将も自身の装束をただした。

「なるほど、守りたい方がいらっしゃるから、いよいよ精をお出しなのですね」

敦行は双眸を狭め、頭中将に顔を向ける。

「頭中将、おまえはすぐ、話をそういう方向に持っていく。いやらしい顔をするな」

頭中将は冗談めかして、正式な立礼をした。

「もともとこういう顔でしてね。ですが、人の口に戸は立てられません。都中が女御ご寵愛の話題でもちきりですよ。私としても、これで主上との男色の疑いが晴れて何よりです」

敦行は檜扇で自身をあおいだ。もう五月だ。躰を動かすと、さすがに暑い。

「おまえもそろそろ正妻を決めたらどうだ？」

「今通っている女人には、これぞ、という者がおらず……。とはいえ私も二十四歳。身を固めたいとは思っているのですよ」

そのとき、家人が頭中将のほうに近寄り、耳打ちしてきた。頭中将がうなずきで返すと、敦行のほうに顔を向けてくる。

「頭弁が来たので、夕餉《ゆうげ》にしましょう」

南の空に懸かる上限の月を眺めながら、廂《ひさし》に三人並んで食する。帝と同列に並ぶなど、御所内ではありえないことだが、ふたりは大事な友なので、敦行が対等な扱いを望んでこうなっている。

食事をのせた膳を運ぶ家人がいなくなると、頭弁は小声でこう切り出した。

「主上のご指示通り、流産、不妊の副作用がある新薬の噂を流したところ、なんと、小野貞世本人が買いに来ましたよ」

敦行は天を仰ぐ。

「……その新薬は引く手あまたというわけではないのだろう？」

「ええ。薬の効能は瘡瘡《もがさ》ですからね。瘡瘡にかかった者など、ここのところ聞いておりません」

頭中将が杯《さかずき》を膳に置いた。

「国司の仕事を得るために、小野氏は、関白殿の裏の仕事を任されるようになったのか。それで身の丈に合わない豪邸を手に入れてしあわせだとでも……憐《あわ》れな」

そんな友の声が耳に入ってはいるものの、敦行は豊子のことばかり考えていた。

——豊子は必ず私が守る。

十歳の敦行には父帝を守ることなどできなかったが、今、敦行は二十一歳の帝である。偽薬とはいえ兼政の矛先が豊子に向いているとわかった以上、内裏には置いておけない。

「……弘徽殿の女御は、右大臣邸に里下《さとさが》りさせる」

頭弁が眉をひそめる。

「里下りなどされたら、いよいよ懐妊の疑いを持たれそうですが？」

「だが、内裏は人の出入りが多すぎる」

「近衛《このえ》の数を増やしましょう」

頭中将が心配げに言ってくる。彼は、敦行が笛を吹いているとき、ふたりの間に邪魔が入らないよう人払いをしてくれた。敦行が豊子を愛していることを誰よりも知っているのだ。だから、敦行が豊子と離れずに済むよう考えてくれている。

――だが、これは愛しているからこそなのだ。

「心配してくれるのはうれしいが、何よりも豊子の安全が最優先だ。わかるだろう？」

敦行が頭中将の目を見ると、頭中将が神妙にうなずいた。

「ならば、右大臣邸の警備を増強しましょう」

「頼む」

それからは三人で、今後の政《まつりごと》について夜遅くまで語らいあった。

一方、豊子は、敦行が浮気しているのではないかという疑惑に取り憑かれ、上御局の帳台の中で眠れずにいた。

そのとき、障子が開く音がする。

――敦行様!?

香の匂いが近づいてきた。まぎれもない敦行のものだ。

深更《しんこう》とはいえ敦行が帰ってきてくれたのだから、豊子はいつものように、お帰りなさいと言って抱きつけばいい。

だが、躰が動かない。

敦行が帳台に入り、後ろから抱きしめてくる。まるで豊子を愛おしむかのように。

――物語の公達《きんだち》だって、みんなそうよ。通う女人がたくさんいても、その刹那は、目の前にいる女人を全力で愛するの。

敦行は白小袖と袴だけだが、香の中に、ほのかに汗の匂いが含まれていた。

――汗をかくようなこと、誰としてきたの？

まだ起きている様子だから、尋ねればいい。だが、できない。今まで、なんだって知りたいことは問うてきたのに、今、豊子は身を硬くして寝たふりをすることしかできない。

泣きそうになって、豊子は必死でこらえた。

——泣いてはだめ！

ずっと好きだった桜の君。彼が帝で同じ帳台の中にいる。夢みたいにしあわせなはずだ。

——なのに、どうして？　どうしてこんなに苦しいの？

それでも朝方になると豊子はうとうとして、良子に起こされる。

「女御様、主上が先ほど『休ませておいてくれ』と、着替えに行かれました。とはいえ、女御様もそろそろご準備なさったほうがいいかと思いまして」

またしても女御失格だ。こんなぐうたらな人間は、愛想を尽かされても仕方ない。

ちょうど女房に表着を重ねてもらったとき、「私だ」と、敦行が入ってきた。朝の清冽《せいれつ》な光の中で見る敦行は、帝だけに許された青白橡《あおしろつるばみ》色の袍《ほう》が決まっていて輝かんばかりだ。

——どうして、こんなにすばらしい方を独占できるなんて勘違いができたのかしら。

能天気だった昨日までの自分に呆れてしまう。

良子たち女房がいつものように気を利《き》かせて、そっと外してくれた。

豊子は敦行に手を取られ、その場に座らされる。何か危急の出来事でもあったかのような焦りを感じた。

「しばらくの間、里下りしてくれないか」

「え？　里下り？　どうしてですか？」

女御が里下りするのは、病か、懐妊か、それか、新しい女御が入内《じゅだい》するときである——。

豊子は健康で、懐妊もしていない。

――つまり、そういうこと……!?

豊子の落ち込みを察したのか、敦行が豊子の肩を抱いてきた。

「ひとときも豊子と離れていられない私が下した決断なんだよ。あなたの安全のためだ。わかってくれるね？」

幼子に言い聞かすような口調だった。

「……もう、父にはお話しになったのでしょうか」

「いや、豊子の了承を得てからと思っているから、まだだ」

「私が了承しなかったら、どうなさるのです？」

「豊子がわかってくれるまで説得する」

――どのみち私に選択肢はないってことね。

「わかりました……。父に里下りの準備をしてもらったら、実家に戻ります」

自分で言っておいて、実家に戻るという言葉に、豊子は傷ついてしまう。

「できるだけ早く迎えに行く。図書寮の書物を運び込ませるから、また好きな書を選ぶがいい。あとは、何が欲しい？」

なんて酷な質問だろう。豊子が欲しいのはただ、敦行の温もりだけだというのに――。

「……紙、紙が欲しいです」

「そんなものでいいのか？　宝玉だってなんだって、望むものを用意させる」

――そんなもの……欲しくないわ。

敦行が豊子の腰を抱き寄せ、袍にしなだれかからせた。

ふわっと彼の香に包まれる。このしあわせも、あと少しで終わりだ。

――ならば、内裏に入る前に思い描いていた将来の夢をもう一度、目指せばいい。

「物語が書きたいんです」

「前も、人からおもしろいと思ってもらえるのがうれしいと言っていたな。また桜の精の物語を書いて、今度は直接、私に送っておくれ」

そう言って、敦行が豊子の頭頂に頬をすり寄せてくる。

いつもならうれしいそんな愛情表現も、疑心暗鬼に囚《とら》われた豊子の心には何も響くことはなかった。


敦行は全く容赦がない。三日後には、豊子は里邸《さとやしき》の右大臣邸に送り返されていた。

ただ、前と違うのは、自室に、読みたくても手に入らなかった書物がぱんぱんに入った櫃と、美しい紙がたくさんあることだ。

――当初の願いは全てかなったわ。

なのに、この絶望的な気持ちはなんなのか。

物語を書く気になど到底なれず、せめて読書をしようと物語に手を出した。だが、登場する男性は大抵、多くの女性を渡り歩いていて、いよいよ絶望的な気持ちになってしまう。そこで、歴史書を読み始めたが、どの書にも必ず帝が登場するので、敦行に置き換えたり、敦行と比較したりで、結局、敦行のことを考えてしまう豊子だ。

良子がやたら同情的で、いろいろ慰めてくるのも辛い。

「入内する前に比べるとお邸の警備がものものしくなっていて、女御様がいかに主上に大事にされているのかを感じましたわ」

「お菓子を持って来ようとしたのですが、毒見を通したもの以外はだめなんですって。毒見があるのは帝か中宮様かぐらいですわよねぇ？」

こんなことを言って、良子が一生懸命、豊子を持ち上げようとしてくるのだ。

——誰にも愛されないのだから、せめてお菓子ぐらい自由に食べたかったわ。

特に辛いのが夜だ。

どうしても、敦行の優しく熱い愛撫が思い出され、躰が疼く。それなのに、温めてくれる存在はない。自《おの》ずと褥《しとね》は涙で濡れていくのだった。

こんな日々が十日ほど続いたころだったか。豊子が脇息に顔を伏せて泣いていたときのことだ。衣擦れの音が聞こえてきたので、豊子は慌てて顔を上げて懐紙で涙をぬぐう。

「殿がお呼びです」

御簾の向こうから女房がそう告げてきたので、豊子はのろのろと起き上がった。父親が呼び出すなんてよほどのことだ。帝が、どこぞの藤原氏の娘でも入内させる情報でもつかんだのだろうか。すこぶる気が乗らないが、女房のあとに付いて本殿へと向かう。

母屋《もや》に入ると、父親が福々しい笑みを浮かべていた。地顔が笑顔なので仕方ないが、娘の気持ちも知らずに呑気なものだ。

そのとき、なじみのある香の匂いが立った。

——嘘でしょう？　この香りは……！

「寂しく思っていらっしゃったのは、女御様だけではなかったようですよ」

と言って、父親が外に目を向けると、御簾の向こうに男性の影が映る。御簾を持ち上げて現れたその人は、敦行だった。

彼はいつもの漆黒の冠ではなく、烏帽子姿で、家人のような恰好をしている。それなのに内側から輝いていた。しばらく見なかったから余計に彼の美しさが心を打つ。

——こんなすばらしい方と、よく普通に接していたものだわ……私。

そう思ったあと、豊子は自身の装束に目を落とし、真っ青になった。重ね着の色が季節に合っていない。

——敦行様がいらっしゃると知っていたら、花橘《はなたちばな》のかさね色目《いろめ》にでもしたものを！

「豊子」

敦行が駆け寄って豊子の手を取った。豊子の大好きな、がっしりと大きい敦行の手だ。

涙がこぼれそうになって、豊子はぐっとこらえる。

すると父親の慌てた声が飛び込んできた。

「誰かに見られたら大変です。あの塗籠《ぬりかご》に入っていただけませんでしょうか」

帝が御所の外にいるのも問題だが、女御が家人の恰好をした男と親しげなところを見られるのもまずい。塗籠は、夜御殿と同じく、邸で唯一、壁で隔てられた個室だ。

敦行が父に向けてうなずくと、塗籠の妻戸を左右に開いた。高燈台に火が灯してあり、ほのかに明るい。

豊子の両親がここで寝るのを好まないので、塗籠は納戸になっていたはずだが、もともと、ここに帝を案内するつもりだったのだろう。今日は、立派な厚畳が敷いてあり、美しい紋様の几帳や調度品も置かれていた。

敦行が豊子を連れて入ると、中から閂《かんぬき》をかける。塗籠の中を見渡してから、横目で豊子を見て、にやっと片方の口角を上げた。

「ここが……右大臣邸の塗籠！」

いきなり、これだ。豊子が思い詰めているのも知らずに――。

「も、もう！　真似しないでください！」

豊子が腹立たしげに言ったというのに、敦行に腰を抱き寄せられる。

「そして、この女人が、今上帝《きんじょうてい》が愛する唯一無二の女御……！」

敦行が豊子の顎を取って上げた。

「会いたかった……。会いたくて、我慢できなくて、右大臣に無理を言ってしまった」

こんな甘い言葉をかけてもらえるとは思ってもいなかった。豊子の凍っていた心が溶けだしていく。

敦行が厚畳に腰を下ろし、片方の大腿に豊子をのせた。親指で目元をなぞってくる。

「泣いていたのか？」

「いいえ。そんなことはありません」

「私には隠せないよ。何があった？」

「な、何があったって……だって、私、内裏から遠ざけられて……」

「豊子の安全のためだと言っただろう？　私が信じられないのか？」

まさか、こんなふうに咎《とが》められるとは思ってもいなかった。どうやって何を信じろと言うのか。

「信じられないって……信用してくれていないのは敦行様のほうです。私に何か隠していらっしゃいます」

以前、敦行はこそこそするのをやめると約束してくれたはずだ。

「あなたを危険にさらしたくないだけだ」

――また、これだわ。

女御を危険にさらしたくない帝が、御所の外へ遊びに行ったりするものだろうか。

「裳着《もぎ》のあと、桜の君として文のひとつもくれなかったのも、私を危険にさらしたくなかったからなのですか？」

「危険というよりも、豊子を確実に女御にするためだ」

「……あのときは仕方なかったです。私を気に入ってくださっていたとしても、私はまだ子どもで、口が軽いかもしれないし、まだ私のことをよくご存じなかったのですもの」

豊子は、彼の胸に手を置き、顔を上げた。

「でも、今もですか？　今も私をのけ者にされるのですか？」

――ああ、なんていやな女！　これだと私、物語の主役どころか悪役だわ！

そもそも、右大臣の娘ごときが帝を責めるなんてお門違《かどちが》いだ。敦行に優しくされて思いあがっているのではないかと、豊子は自問する。

「違う。あのときは気に入っているだけだったが、今は、豊子を愛しているし、信じている。ただ……」

「ただ？」

「豊子には、世の中の穢《きたな》い部分を見せたくない。きれいなものだけを見て笑っていてほしいんだ。……それなのに今、豊子を悲しませてしまっている」

「だって、私、人形でも女童《めのわらわ》でもなくて、大人の女性ですもの。きれいなものばかり見て生きていけませんわ。私もお役に立ちたいんです」

「役に立つ？　あなたを利用するようなことはしたくないよ」

「利用？　私を主役だと言ってくださったのは敦行様ですわ。私は当事者ではないのですか？　敦行様はまた同じことをしようとしていらっしゃいます。私が毎日、桜の君のことばかり考えているというのに、文のひとつもくれず、ほかの人からの文を握りつぶすだけだったあのときと……」

——こんなことを言っても嫌われるだけなのに！

だが、止まらない。

「一度でいいから、知らせてほしかった……いつか必ず……迎えに来ると……」

しかも、瞳からぽたぽたと涙がこぼれてくる。

「豊子、すまない。知らずに傷つけていたんだな」

敦行が豊子を強く抱きしめてくる。

「私も文を出したかった。だが、私は帝だ。そんな公達のような軽はずみな真似をするわけにいかない。それに、右大臣の娘を気に入っていることが知られると、邪魔をしてきそうな者が身内にいて……。だが、豊子にだけは知らせればよかった。そうすれば豊子自身に入内を断られることもなかったのだから」

「ごめんなさい。前もそうおっしゃっていたのに……今ごろ蒸し返して。敦行様は帝なのに、こんなにも私に優しく接してくださって、感謝しないといけないのに」

豊子はもう自分でも何に怒っているのか、何をしたいのかわからなくなってきた。ただ、頬に涙が伝っていく。

するとと、敦行が豊子と上体を少し離し、顔をのぞき込んできた。

「み……見ないで……醜いです、私……」

最悪なことに洟《はな》まで出てくる始末だ。

「優しくされて感謝だなんて豊子らしくないぞ。言っただろう？　私たちはふたりきりのときは、ただの男と女だと。様なんて敬称もいらない。豊子だけには対等に接してほしいんだ。そんな人がひとりくらいいないと、私が奢《おご》ってしまうだろう？」

「あつゆきぃ～！」

豊子は敦行の布衣《ほい》に顔を突っ伏し、子どものように声を上げて泣いてしまう。その間《かん》、敦行は無言で頭を撫でてくれていた。

やがて嗚咽《おえつ》が治まってきて、豊子が顔を上げると、懐紙で顔をふいてくれた。

「帝にこんなことをさせられるのは豊子だけだぞ」なんて言って敦行が笑っている。

「敦行、優しすぎよ」

「いや。辛い思いをさせて悪かった」

そのとき、敦行の顔が急に引きしまった。

「……隠していることを言うよ」

——あの晩のお相手のこと？　もしかして浮気じゃなくて本気とか？

耳を塞ぎたい気持ちをなんとか抑えていると、とんでもない言葉が飛び込んでくる。

「関白《かんぱく》、藤原兼政が先帝を殺《あや》めたんだ」

豊子は慌てて布衣から身を離し、敦行の顔を食い入るように見つめた。

敦行は今まで見たことのないような昏い表情をしている。これは冗談ではない。いや、こんな内容は冗談で言えるようなことではない。

「先帝……敦行のお父様を……？」

「ああ、そうだ。父帝だ。兼政が毒をもったのではないかと疑ってはいたが、豊子を女御にしたあとになって、なんの毒なのかあたりがついて……それで急に警戒を強めたんだ。本来はこういう身内の争いが片付いてから入内させるべきだったのに……待てなかった」

「ご、ごめんなさい。そんなこと、言いたくなかったでしょう……」

「いいんだ。でも、桜の君のふりをしたときのように、何かを隠すと、結局、豊子を苦しめることになるとわかって……今度こそ懲《こ》りたよ」

敦行が安心させようと無理に口角を上げている。

「いえ……私の苦しみなんて……本当にちっぽけで……恥ずかしいわ」

「豊子だって聞きたくなかっただろう？　父帝が殺されたなんて屈辱だが、私は、その犯人である兼政と血が繋がっている……」

口惜しげに言った敦行の唇は震えていた。

――ああ、なんてこと！

敦行は人《ひと》だ。桜の精でも、神でもない、一個の人間なのだ。豊子と同じく、悩んだり、苦しんだり、ときには悲しんだりもする、ひとりの青年なのである。

豊子は嫉妬で目が曇っていた。

『私たちは帝でも女御でもない、ただの男と女だ』

『豊子のおかげで、夜御殿《よるのおとど》が嫌いではなくなった』

いつだって彼はそれを伝えてくれていたのに、豊子は言葉の本質をとらえようとしていなかった。

――敦行の唯一の妻なのに――。

「自分のことばかり考えていて……ごめんなさい」

――私にできることといったら、多分……この人の孤独を少しでも和《やわ》らげることだわ。

「敦行……」

豊子は敦行の脚の間で膝立ちになって首を伸ばす。唇にくちづけた。唇を離しても、彼の両頬を手で包んだまま、じっと瞳を見つめる。

「敦行、愛しているわ、心から。あなたがどんな身分だとか、誰と血が繋がっているとか、そんなのは関係ない。少し身勝手で、でも、本当は私のことを思いやってくれていて、軽口が好きだけど、実はとてもまじめな、あなたが好き、大好きよ」

敦行が呆気にとられたような顔をしていた。

「愛しているって言われたの、初めてだな」

――私、こんなことさえ伝えていなかった……！

相手が尊すぎて、愛はたまわるものであって、豊子が与えられるとは思ってもいなかったのだ。涙が滲んでくる。

「こんなにも人を愛おしいと思うことがあるなんて……」

「相変わらず鈍いな。私はずっと前からだ。ようやく私の境地まで追いついたようだな」

小さく笑ってくれたので、豊子は胸が詰まった。敦行の首をかき抱く。

「遅くなってごめんなさい」

「何度も名を呼べば赦《ゆる》す。そうしたら……敦行という名も好きになれそうだ」

「敦行……」

豊子は顔を傾け、唇に唇を重ねる。少し顔を離せば、敦行の陶然とした眼差しがあった。

これは、豊子を求める男の目だ。

この目つきは豊子を狂わせる。こんな間近で見たら、敦行が欲しくて仕方なくなる。

「敦行、愛しているわ」

逆の方向に首を傾げ、豊子は再びくちづけた。豊子の好きにさせようと思っているのか、いつものように敦行のほうからは何も仕掛けてこない。

豊子は思い切って、舌を差し入れる。すると、敦行の口内に引き入れられ、強く吸われた。やがて舌が開放されたと思ったら、今度は彼の舌が豊子の中に入り込んでくる。気づけば、お互いの舌をむさぼり合っていた。いつの間にか背に回された腕で、ぎゅっと強く抱きしめられている。

「……ふぁ……はぁ……」

唇が外れたときには、豊子はもう息が上がっていた。

敦行が豊子の唇を指先でなぞる。

「そんな顔をされたら、このまま帰ることなんか、できないよ」

そう言って敦行が人差し指を豊子の口の中に沈めてきた。豊子の大好きな、骨ばった長い指だ。豊子は夢中で舌をからめ、指を吸った。

「あまり時間がないが……いいな？」

袴《はかま》越しに、彼の硬いものを感じていた。そうだ。いつだって彼は豊子の前では、妻を求めるひとりの男なのだった。豊子は彼の袖をぎゅっと握ることで答える。

　敦行が指を口から外すと、豊子の衣をまとめて厚畳の上に抛《ほう》り、その上に豊子をそっと寝かせる。紅《あか》い長袴の帯を外してずり下げると、豊子を横向きにして、彼女の背を覆うようにして横たわった。白小袖の腰に巻かれた紅い帯の結び目をほどいて外す。

「こちらを向いて、豊子」

　甘い予感に豊子が首だけ見返ると、敦行が唇を覆ってくる。深くくちづけながら、その手で、白小袖を剥《は》いだ。白小袖が、ふたりにまとわりつく布切れと化したところで、ようやく唇を離された。敦行が背中にくちづけを落としながら、豊子の乳房をその大きな手で覆い、ゆっくりと揉んでくる。ときどき指で乳首をこねられ、豊子は身をよじった。

「……ぁ……敦行……ぁあ……」

　豊子はもう何も考えられなくなっていた。彼の唇と手の感触で頭をいっぱいにして喘ぎ、自身の脚を彼の袴にすりつける。家人の恰好なので、絹のなめらかさはないが、布が絹だろうが麻だろうが関係ない。その向こうに彼のたくましい脚を感じられれば、それでいい。

　彼の手が胸から下腹へと移るにつれて、くちづけの位置も徐々に下がっていく。腰に舌を這わされたとき、豊子の躰がびくんと大きく跳ねた。ここが弱いと知れたようで、敦行が腰の辺りを強く吸ってくる。

「あ、あぁ……そんな……とこ」

「この円《まろ》み、とても美しいよ」

敦行が腰から張り出した臀部へと舌を這わせていくものだから、豊子はびくびくと腰を震わせ、喘ぐことしかできない。

敦行が臀部にくちづけながら、前から股ぐらを覆って秘所をくすぐってくる。

「は……はぁ」

豊子にもわかるぐらい、そこはぐちゅぐちゅと卑猥な音を立てていた。

「もう、よさそうだな?」

敦行が自身の袴をずらすと、横向きのまま脚を、豊子の脚の間に差し入れて彼女の片脚を持ち上げる。ふくらみきった怒張で背後から突き上げてくる。

「敦行……あっ、あっ、あっ」

圧し上げられるたびに豊子は高い声を発した。脇下を片腕で抱えて固定されているものだから、背後からとはいえ最奥まで抉られる。穿たれるたびに張り出した乳房が揺れる。

そこには痛みなどみじんもなく、ただ、快楽だけがあった。

「豊子、前より、よくなってきたな」

「敦行……気持ちいぃ……おかしく……」

「よい。赦す。私の腕の中で乱れろ、もっとだ」

そう言ってぎりぎりまで下がってから、勢いよく突き上げてくる。

「ぁあ!」

ずんっと奥まで埋め尽くすと、形を覚え込ませるように一旦、そのまま止まると中をかき回すように、根元を揺さぶってきた。

豊子は敦行のほうに振り向く。すると敦行が顔を傾け、喘ぐ口に舌を押し込んでくる。豊子は夢中で舌をからめ合わせた。そうしながらも、敦行が出し入れを激しくしてくる。

「……ん……ふ……んん」

口を塞がれた豊子の喉奥から声が漏れ出た。

敦行が片手を胸元に伸ばして大きく広げ、揺れるふたつの頂に彼の指が触れる。あまりの快感に涙がこぼれる。もう何も考えられない。ただただ、高みへと押し上げられていく。

「豊子……ともに昇ろう」

「あ、敦行ぃ……」

そのとき、豊子の中で張りつめたものがひときわ嵩《かさ》を増し、ぶるりと震えて弾けた。

初めて感じた彼のほとばしりに、豊子もまた絶頂を迎えたのだった。


豊子は気づいたら敦行の躰にしなだれかかって、髪を手櫛で梳かれていた。

「豊子」

低く優しい声に豊子は心を震わせる。

「敦行……」

見上げると、愛おしげに豊子を見つめる瞳があった。

「豊子。これ以上ないというくらい好きなのに、会うたびにどんどん好きになるよ。だから、内裏ではなく、ここにいてくれ。この邸には今、厳戒態勢を敷いている」

――そういえば、良子が毒見のことを言っていたわ。

豊子は背筋が寒くなった。

「しばらくの辛抱だ。父帝の仇《かたき》に、これ以上、思うままにさせてなるものか」

そのとき、敦行の瞳が刃《やいば》のように光った。

――怖い……。

豊子は、しがみつくように敦行に抱きつく。

「でも、どうやって……関白殿を……?」

藤原兼政といえば、今をときめく権力者である。先帝を殺めたことを伏せたうえで、彼を失脚させるのは至難の業《わざ》だろう。

「兼政は、賄賂や横流しの罪を重ねていて、その証拠を集めているところだ」

「もしかして、それで外出しているの?」

「それもあるが、兼政を油断させるためにうつけのふりをしているんだ。いつも頭中将とつるんでいるものだから、男色家の疑いまでかけられているよ」

「そう、そうだったの。でも、外で敦行が襲われたりしたら……!?」

「いや、私が死んだら最も困るのが兼政だから、私だけは安全なんだ」

――私も力になりたい！

「でも……もっと簡単な方法、いい方法が……そうだわ！　私が身ごもったという噂を流して囮《おとり》に使ったらいいわ」

敦行に額を突《つつ》かれる。

「いいひらめきだ……とでも言うと思ったか」

「えー？」

案を否定されたのに、いつもの敦行に戻ったようで、豊子は内心ほっとしていた。

「少しでも危険にさらしたくなくて、会いたいのを我慢して、里下りまでさせているというのに」

「お気持ち……うれしいわ。でも、里下りしたことで女御懐妊の噂が立っていると聞いたの。来月、うちで大饗《おおあえ》があって、宴会に、関白殿を筆頭に殿上人《てんじょうびと》のほとんどが集まるでしょう？　人の行き来が多くて、刺客を紛れ込ませやすいから、関白殿としたら、これを逃す手はないいんじゃないかしら？　関白殿の手の者が私に襲いかかったところで検非違使《けびいし》が流れ込んできて御用、というのはどうかしら」

「却下」

間髪置かずに言われて豊子が不服そうにすると、敦行に溜息をつかれた。

「少しでも豊子に危険が及びそうな案は論外だし、まんまと来てくれるとは限らないよ」

「それもそうね……」

「大饗のときは危険だから、豊子をどこかに移そうと思っていたぐらいなのに。豊子が大切だからこそ自身を大事にしてほしいという私の気持ちがわかってくれないのか」

お説教が始まりそうで、豊子は首《こうべ》を垂れて聞く。

「豊子は誰からも非難されない形で立后《りっこう》させたいんだ」

――立后⁉

つまり、皇后にするということだ。驚いて、豊子は顔を上げる。

「そんなふうに思っていただけていたなんて……うれしい。だったらなおさら、私、あなたに守られてばかりではなく、支えたいし、守りたいわ」

「その気持ちはありがたいけれど、豊子がいなくなったら、私の心が死ぬから、最終的に私を殺すことになる」

「いなくならないもの」

「いよいよ根拠がない」

「ええっと、では、ほかの案を考えるわ」

豊子はぎゅっと目を瞑り、今まで読んだ物語の数々を思い出していく。

「そういえばこんな物語があったわ！」と、目を見開いた。

「本当の罪を隠すために、嘘の罪をでっちあげて逮捕するの。そうよ。これなら、私に危害が加わらないわ」

「嘘の罪？」

「私、大饗を舞台にした物語を書くわ。展開に無理があるところを指摘してくれたら直すから、読んでくれない？」

敦行が怪訝そうに双眸を狭めた。

第八章　夜明けへの道

「……というわけで、我が女御が記した物語風の計画書は熟読してきたのであろうな？」

豊子の横で脇息にもたれかかった敦行が頭中将と頭弁にそう告げた。皆、家人の恰好をして右大臣邸の東側にある豊子の母屋に集まっている。

「もちろん読みましたが、なぜ、主上と几帳越しでお話しすることになっているのでしょうか？」

几帳の向こう側から頭中将が問うてきた。

「私が女御のそばにいたいからだ。滅多に会えない貴重な時間を密談に使うはめになっているのだからな。くれぐれも几帳の垂れ布の隙間からのぞいたりしないように」

聞いている豊子のほうが恥ずかしくなって、几帳があるというのに檜扇を広げて顔を隠した。隣を見上げると、敦行が満足げに双眸を細めた。のぞかれないよう、そうしているがいいと目が語っている。

「頭中将は女御様を拝謁したことがないのですか？　天女のようなお美しさでしたよ」

――主上の手前、女御を褒めないといけないから頭弁殿も大変だわ。

いよいよ恥ずかしくなって、豊子は縮こまる。

「な、なんと。なぜ頭弁にだけ⁉　武官である私こそ、お守りするためにも、お顔を知る必要があるのではないでしょうか？」

「おまえは、女人関係が乱れすぎているからだめだ」

「では、せめて匂いだけでも……」

「勝手に匂うな！」

こんなことを敦行がまじめな顔で言うものだから、豊子は可笑《おか》しくなって檜扇の下で笑ってしまった。

「女御に笑われておるぞ」

そう言って敦行が頭中将をたしなめている。

「だって、主上がまるで童《わらわ》のようなのですもの」

豊子が小声で敦行に囁くと、敦行がごほんと咳払いをした。

「戯《たわむ》れは終わりだ。ふたりとも計画を読んでどう思ったか忌憚《きたん》なき意見を聞かせてくれ」

「女御様のお手蹟《て》はすばらしいですね」

まず女性を褒めるところが、さすがは頭中将である。

「内容のほうだ」

つっけんどんにそう言い放った敦行だが、豊子の手蹟を褒められて機嫌がいい。頭中将は敦行の扱いが、ある意味うまいと言える。

「物語風なので誰が何をするのか、わかりやすかったです。右大臣邸の本殿で大饗が行われているときに、東の対《つい》、つまりここで女御様が何者かに襲われ、それを関白殿の仕業にして捕縛……と。確かに、手っ取り早いですね」

頭中将があっさり承諾すると、頭弁が続けた。

「大饗は、関白殿が必ずご出席なさるから、いい手ですね。公卿《くぎょう》が勢ぞろいのところで、検非違使をつかさどる左衛門監《さえもんのかみ》が主上の宣旨を掲げて関白殿を断罪すれば、再起不能になるでしょう。こんなに早々に失脚させる手があったとは……。私は正攻法ばかり考えていて、こういう発想はありませんでしたよ」

まさか、こんなふうに評価してもらえるなどと豊子は思ってもいなかったので、涙が出そうになる。内裏に入るまでの三年弱、物語世界に没頭していたことは無駄ではなかった。

敦行が真剣な声で頭弁にこう尋ねた。

「本当は私が断罪したいところだが、帝が臣下の宴に参加するわけにはいかない。ここにあるように頭弁から、父君、左衛門監に頼んでもらえるか。相手が関白だから、危険をともなう役なのだが」

「父のことなら私にお任せを。女御様を襲う役も私が探して参りましょう」

「助かるよ。女御を襲う役は、しばらく罪人扱いされるので、君か私への忠誠心が厚い者にしかできない。計画にあるように、下手人《げしゅにん》役には小野家の家人の名を騙って関白に命じられたと〝自白〟してもらう。小野貞世の名を聞けば、兼政も心当たりありとなるだろう」

次々と実現化に向けて話が進んでいて、豊子は驚嘆しながら聞いていた。

「大饗は主上が参加できないとはいえ、今日のようにおしのびでいらっしゃるかと思ったのですが、その間《かん》、主上は内裏に留まられるのですね？」

頭中将には、物語のこの部分が意外に思えたようだ。

「ああ。その日は、兼政の息のかかった公卿が全てこの邸に集まっているから内裏はもぬけの殻で、兼政を捕らえる宣旨を出す絶好の機会だ。女御が襲われたあとすぐに、関白捕縛の宣旨を出す。そもそも検非違使は帝直属の組織だから、私がいないと動かないしな」

「主上、それでしたら、その日に小野氏も検非違使に捕らえさせたらいかがです？」

頭弁が出した案に、敦行が名案だとばかりに、閉じた檜扇で膝を打った。

「それで行こう。豊子が襲われたあとに出す宣旨は四通。関白と小野氏の捕縛、関白邸と小野邸の捜索だ。君たちが大饗で不在なことを口実に、帝が自ら弁官局に赴いて、その場で宣旨を書かせて早馬で左衛門監に届けよう。この日に一網打尽だ」

「父が左衛門監でよかったです」

独立した警察組織である検非違使の長官、左衛門監に、兼政派でない者を据えているのは、外伯父の前でうつけのふりをしながらも、敦行は要所を押さえていたということだ。

「次々と若い藤原氏に追い抜かれ、我らの両親はずっと参議のまま。今も現場にいてくれて助かるな」

頭中将が冗談めかして頭弁に言うと、頭弁がやんわりとたしなめていた。軽口を好む頭中将と、まじめな頭弁でうまくつり合いが取れているようだ。

ふたりの会話はいつものことのようで、敦行が豊子の手を握って耳打ちしてくる。

「大饗のときは、帝が蘇甘栗使《そあまぐりのつかい》いを出すと決まっているんだよ」

——蘇と甘栗？

「可愛らしい名前の勅使《ちょくし》があったものね」

豊子は笑いそうになって口に手を当てた。

「その名の通り、蘇《そ》蜜煎《みっせん》と甘栗を賜与《しよ》する使いだ」

——それで、雷鳴壺《かんなりつぼ》の尚侍《ないしのかみ》が大饗で食べたことがあるって言っていたんだわ。

「いつぞやの蘇蜜煎、とてもおいしゅうございましたわ」

「楽しみにしていてくれ」

敦行が頰にくちづけてくる。

「主上、私ども、お邪魔でしたら下がりますがいかがいたしましょう？」

頭弁のまじめな声が聞こえてきて、頭中将と三人で笑ってしまった。

右大臣邸の大饗で一番の賓客〝尊者《そんじゃ》〟として扱われるのは、最も身分の高い関白、藤原兼政だ。主催の右大臣から特別な使いが遣わされ、兼政が最初に右大臣邸に迎え入れられる。ほかの賓客は尊者に拝礼することで初めて右大臣邸に入ることができるしきたりだ。

つまり〝尊者〟である兼政はずっと右大臣邸に囚われたままなのだ。その後も酒宴の中、舞楽、犬飼《いぬかい》、管弦などの余興があり、兼政はこの場に留め置かれる。

その慣《なら》わしを利用しての、今回の計画だ。

豊子は体調が悪く、臥せっているという名目で宴会に出ず、本殿の東にある建物の母屋に閉じこもっている。いよいよ懐妊と誤解されそうだ。豊子には特別な食事が用意されていて、台盤所《だいばんじょ》から運ばれてくる食事には一切口をつけないように言われている。

ただし、蘇蜜煎と甘栗は帝の勅使が持ち込むものだから例外だ。こんな状況でなければ楽しみにしたところだが、今日は囮としての役目があり、さすがの豊子も緊張のあまり、楽しみにする余裕などない。

小野家の家人役を務めるのは、頭弁の橘家の家人で、豊子は、彼に襲われるふりを何度も練習した。身をかばうように手を前に出して袖を引き裂かれることで、殺意を証明するのだ。そこに検非違使や頭中将が駆けつけて御用となり、敦行が内裏から早馬で届けさせる宣旨をもって、頭弁の父親が兼政を断罪するという筋書きである。

　自分がうまくやらないと計画が頓挫すると思うと、豊子の緊張は高まる一方だ。

　しかし、得てして、現実というのは計画通りに進まないものである。

「源掌侍がいらっしゃっております」

　――え？　園子がここに？

　園子が内裏に出仕してからというもの、この邸を訪ねたことなど一度もなかったので、豊子は不思議に思った。が、すぐに訳がわかった。彼女が手にした膳には、蘇蜜煎をのせた皿が三個置いてあったからだ。

「以前、おすそわけしてくださった蘇蜜煎の味が忘れられずにお邪魔してしまいました」

　蘇蜜煎は最後に出されると聞いていたが、園子が先に持ってきてくれたようだ。だが、下手人役が現れたとき、園子が立ち向かったりしたら、本当に流血沙汰になりかねない
　豊子が良子に目配せすると、察した良子が出て行った。下手人役である橘家の家人に状況を伝えに行ってくれたのだろう。

「あ、あの今、食欲がなくて……そこに置いてもらえば、あとで食べるわ」

　このまま返そうとしたのだが、園子は意に介さず、豊子の向かいに腰を下ろした。

　――どうして～!?

「いっしょに食べるという口実で蘇蜜煎を先にいただいてきたので、私がご相伴《しょうばん》にあずかれなくなってしまいますわ」

──それほどまでに蘇蜜煎が気に入っていたとは……。

「わかったわ。いっしょに食べましょう」

──食べ終わったら、すぐにここから去って！

豊子は祈るような気持ちで匙に手を伸ばした。

時は、この日の朝にさかのぼる。

殿上を許される高位の貴族が皆、大饗に招かれているため、清涼殿はいつになく静寂に包まれていた。

──嵐の前の静けさとはこのことか。

敦行は、御手水《おちょうず》の間《ま》で、整髪を終え、女官に漆黒の冠をかぶせられる。いつも三人侍《はべ》る女官が今日はふたりだけで、園子がいなかった。

「源掌侍はなぜおらぬのか？」

普段は誰が当番かなど興味がないのだが、今日は、兼政の息のかかった女官をそれとなく外し、敢えて園子を入れたので頭に入っていた。

「それが、休みの連絡がまだないのです」

――兼政が、息のかかった女官と交代させようとしているのではないだろうな。

「源掌侍の代わりに伺候《しこう》した者はいるか」

「いえ、おりません。すぐにでもほかの掌侍を呼んで参ります」

「いや、そういう意味ではない。今日は皆、大饗に出払っているので、清涼殿はもぬけの殻だ。女官もひとり減ったぐらいがちょうどいいと思ってのことだ」

「さようでしたか」

ほっとした様子の女官がこんなことを言ってきた。

「源掌侍は女御様のいとこ君でいらっしゃるから、大饗をのぞきに行かれたのではありませんか？」

豊子からそんな話は聞いていないが、敦行の頭をいやな予感がかすめた。

園子は浅はかなところがある。敦行が桜の精の物語に興味を示したら、自分が書いたようなことを言い、帝の気を惹こうとした。豊子のいとこでなければ、帝付きの女官からとっくに外していただろう。

敦行は昼御座《ひのおまし》に文机を置かせ、文書《もんじょ》を読むことにしたが、今日、豊子が演技とはいえ襲われるのかと思うと、気が気ではない。だが、大饗が始まるまでまだ時間があるので文書に目を落とす。とはいえ、文字を追うだけで全く頭に入ってこなかった。

昼前に、皇太后の女房が文をたずさえてやって来た。滅多にないことだ。

──今日に限って来るか？

心の中で悪態をつきながら、敦行は女房から文を受け取る。急ぎ話したいことがあると書いてあった。今、この清涼殿はいわば政変の司令塔である。まだ計画実行まで時間があるとはいえ、離れるのは危険だ。

ただ、母后は敬われるべき存在で、呼び寄せられる相手ではなかった。敦行から出向かないと話せないのだ。敦行は、兼政のいない今日だからこそ話したい事情があるのかもしれないと思い直す。それに、兼政を失脚させたあと、最も取り扱いに困ると思っていたのが、兼政の妹である母なのだ。

「わかった。今すぐ向かう」

──まだ時間に余裕がある。さっさと片づけてしまおう。

敦行は、蔵人たちを集め、帝あての勅使や文が届いたら、すぐさま梅壺に届けるよう念を押す。今日は頭中将も頭弁も不在なので、こんな命令も自ら下さないといけない。ふたりの存在のありがたさが身に染みる。

敦行は梅壺の廂に入ると、母后にこう告げた。

「母上、今、取り込み中でして、なるべく端的に要点だけ伝えていただけるとありがたいです」

そう言いながら、御簾の前に置かれた畳座に、どさっと腰を下ろした。

「主上がすぐに駆けつけてくださるなんて珍しいこと。今日は大饗だから時間があると睨《にら》んでいたのですが、当たったようですね」

——全然当たっておらぬわ！

そう悪態のひとつでもつきたいところをぐっと我慢して、敦行は口角を上げた。

「逆ですよ。臣下が出払っていて、いろいろ滞って困っているところなのです」

「いい臣下に恵まれている証拠ですね」

——あなたの兄は、いい臣下ではないがな。

「関白殿も今日は不在で、母上こそ、お寂しいのではございませんか？」

「寂しくなどありません。こうして主上がいらしてくれましたし」

いつも兼政のことばかり言っている母とも思えぬ言葉だった。

「それで、本日の急ぎの要件というのは、なんなのですか？」

「兄が女官を愛人にしているようで……いえ、愛人にしています。こんなことは初めてですわ。ですから、主上にご忠告奉《たてまつ》ろうと思いまして」

——妹として心穏やかではない女性を愛人にしたようだな。

母が小姑《こじゅうとめ》として兄の愛人と敵対し、兼政と疎遠になってくれれば、それに越したことはない。

「その関白殿の愛人というのはどなたなのです？　内裏の女人に手を出されたとなると私も把握しておきたいですね」

　これは本音だ。その女官が弘徽殿の者だとしたら、間諜《スパイ》のようなまねをされかねない。

「やはりそう思われますよね？　お顔が主上の好みだからこそ、主上と何かある前に、その者が主上にはふさわしくないと申し上げないと、と思い、兄のいない今日、お呼びしたのです」

　好みの女官などいないし、母の意図をはかりかねていたが、この様子だと兼政が失脚しても、皇后になりそこねたときのように半狂乱にならなさそうで、敦行は密かに安堵する。

　だから、こんな軽口をたたいた。

「私の好み？　弘徽殿の女御に似ているとか？」

「そうです。やはりいとこだから、顔かたちが少し似ているでしょう？」

　――いとこ？

「源掌侍ということですか？」

「ええ。あの掌侍はもう兄のお手がついているから、相手になさらないほうがよろしいかと。ですが、私、弘徽殿の女御は気に入っていますのよ。健康そうで、すぐにでも皇子をお産みさしあげられそうですし。そうそう、もう懐妊しているのでしょう？　それで里下りをしているという噂でもちきりですわ」

敦行の全身から血の気が引いていく。

――今日、源掌侍はなぜ内裏にいないのだ？

大饗は刺客を紛れ込ませやすいから兼政としたらこれを逃す手はないと、豊子が言ったとき、そうまんまと襲ってくれるものかと取り合わなかったが、あれはそう外れてはいなかったのではないか。

――いや、待てよ。

「母上の長兄である兼嗣殿が亡くなったとき、母上はお里にいらっしゃいましたよね？急に体調を崩したと聞いておりましたが、どのような症状だったのです？」

「それが……。二日前からお腹の調子が悪かったとはいえ、まるで毒でももられたように急にお苦しみになったのです。ですが、毒ではありませんでした。というのも、念のため、残された食事を全て犬に食べさせたけれど何もなかったのです。ただ、なんの病かわからぬままです」

「二日前に体調を崩していたのですか？」

「ええ。あれは病の兆候だったのかもしれません」

――まさに、毒鶴茸の症状だ！

「は……母上……急用を思い出し……失礼します！」

敦行はそう言い終わったときには御簾を上げて縁側へと出ていた。控えていた随身と蔵人たちが何ごとかと狼狽《うろた》えている。

「これからすぐに右大臣邸に赴く」

そう言いながら、ずるずると床を這う続裾《つづききょ》を引っ張り上げて石帯に引っかけた。

「御幸《みゆき》でございますか。準備には少なくとも五日は必要かと」

「そんな時間、あるか！」

宣旨を届けるための早馬を、内裏の北側の門である朔平門《さくへいもん》の向こうに隠してある。御所は特別なとき以外は牛車さえ走れないところだから相当目立つだろうが仕方ない。右大臣邸は御所から目と鼻の先とはいえ、一刻を争う。

敦行は袍を脱ぎながら縁を走る。走るなんて、帝にあるまじきことだ。

――帝という立場など、知るか！

豊子がいないと、どんな位もなんの意味もない。

敦行は隣の雷鳴壺に渡ると助走をつけ、欄干を飛び越えて着地する。玄輝門《げんきもん》を走り過ぎ、朔平門へと出る。

「私だ。馬引けぃ！」

対面の縫殿寮《ぬいどのりょう》から、早馬に乗る予定だった蔵人が馬を引いて出てきた。敦行がすぐに馬に飛び乗ったものだから、呆気に取られている。

敦行は続裾を尻に敷き、石帯を外す。

そのとき随身と蔵人たちがぜいぜい言いながら追いついてきたので、敦行は、その者たちのほうに、青白橡《あおしろつるばみ》色の袍と石帯を抛《ほう》った。こんなものを着ていたら、市井《しせい》の者から見ても、ひと目で帝だとわかってしまう。

「私はもう帝ではない、いいな！」

そう叫んで、敦行は馬を疾走させる。

——兼政がやるとしてもせいぜい不妊の偽薬を飲ませるぐらいだ。

そうだ。先帝や兄を殺めたときとは全く違う。豊子を亡き者にしても、兼政は何も得しない。彼の計算高さは、ずっと近くにいた敦行が一番よく知っている。

それに豊子は事前に用意したもの以外は何も口にしないと約束してくれた。唯一食べる予定がある蘇蜜煎と甘栗は宴会の最後に出される。大饗はまだ始まったばかりだ。

まだ間に合う。敦行は自分にそう言い聞かせて馬を走らせる。でないと手が震えて手綱を離してしまいそうだ。


そのころ豊子は、蘇蜜煎をのせた膳を挟んで園子と向き合っていた。皿が三つあるので良子の分も持ってきてくれたようだ。

「ありがとう、私もいただくけど、園子も召し上がれ」

まだ時間があるとはいえ、長居されては困る。

——さっさと食べてもらわないと！

豊子が先に食べないと、園子も食べにくいだろうと思って豊子は匙で蘇蜜煎の一角を切り崩した。

——そういえば、園子と話したいことがあったんだわ。

「園子、桜の精の物語、冊子にしてくれていたのね」

「あの……勝手に、申し訳ありません」

「よして。そういう意味ではないわ。主上に見せてもらったのだけど、とてもきれいな冊子で。おかげで、いろんな方に読んでもらえたようで……。ひたすら書いていた三年間が報われた気がしたの。私が書いたもので、みんなが楽しんでくれていたんだなって」

ちょうどそのとき良子が戻ってきたので、豊子がともに食べようと言おうとしたが、良子が立ったまま先に話し始める。

「女御様、ご存じだったのですね。私、内裏では、あの物語が、源掌侍が書かれたということになっていて驚きましたの」

「良子、園子は私の物語をおもしろいと思ってくれて、だからほかの方にも読んでほしいと、きれいな冊子にしたのよ。それに、作者の名前を明かさないでいてくれて助かったわ。園子は昔から気を回す質《たち》なのよ」

豊子にたしなめられ、良子はうつむいた。

「差し出がましいことを申して、すみませんでした」

「わかってくれればいいのよ。さあ、座って。いっしょに召し上がれ」

――この三皿を空にしないと、園子が帰ってくれないわ！

良子が園子の隣に腰を下ろしたのを見届け、豊子は園子に語りかける。

「裳着のあと、ここにこもって過ごした三年間、私の心の支えになったのは、園子がくれた清書の仕事と熱のこもった感想よ。自分になんの価値もないように思えていたときに、字とその字で書いた物語を認めてくれる人がいる。そのことに、どれだけ救われたことか」

園子が泣き笑いのような顔になったのが意外で、豊子は持ち上げた匙から蘇蜜煎の欠片《かけら》を皿に落としてしまう。改めてすくって口に持っていこうとしたとき、園子がすごい勢いで匙を払ってきた。匙が転がり、床に落ちた蘇蜜煎がぺしゃっとつぶれる。

豊子が驚いて顔を上げると、園子が目を見開いて震えていた。

「え？」

豊子が声を発すると同時に「豊子！」という、切迫した声が飛び込んでくる。御簾を上げて敦行が現れた。

「……主上、どうしてここに？」

おしのびという姿ではなかった。袍を着ておらず、下襲《したがさね》姿で、着替え中のような恰好だ。そのとき、異常を察した検非違使たちが駆けつけてきたが、敦行は意に介さず、ぜいぜい荒い息をして豊子を見下ろしている。

「この……蘇蜜煎……口に……したのか？」

「いえ、まだです」

敦行は一瞬、安堵した表情を浮かべたが、一瞬だけだ。すぐさま顔の向きを変え、園子を睨《ね》めつけた。こんなに鋭い眼差しをする敦行を見るのは初めてだ。あまりの恐ろしさに豊子は唖然としてしまう。

「源掌侍……なぜ……清涼殿ではなく……ここに……いるんだ？」

よほど急いできたのか、敦行がまだ息切れしていた。

「お、主上……」

園子が怯《おび》えている。実際、敦行はすごい剣幕《けんまく》だった。

敦行が近くの検非違使に目配せする。

「ここにある蘇蜜煎を全て拾え。ただし、女御の近くにある皿と床に落ちているものと、ほかの手をつけていない皿のものとは分けよ。あと、頭弁と頭中将を呼んできてくれ」

検非違使ふたりが、豊子たちがいるところに入って来たので、豊子はとりあえず自身の顔を檜扇で隠すが、何が起こっているかよくわからない。

敦行が園子の前にどすんと勢いよく腰を下ろした。

「源掌侍、どんな毒を仕込んだのか白状することだな。どのみち、これから検証するからすぐわかる。自白したら、罪を軽くしてやろう」

豊子は膝を進めて、ふたりの間に割り入り、敦行に向き合った。

「主上、何をおっしゃっているんです？　源掌侍は私のいとこなんですよ。万が一、毒が入っていたとしても、きっと今、それに勘づいて、蘇蜜煎を払い落としてくれたのですわ」

敦行が不機嫌に眉をひそめる。

するとと背後から涙まじりの声が聞こえてきた。

「豊子、やめて。このお菓子には子が流れやすくなる薬が入っていると聞いたわ。私、内裏で仕事も恋愛もぱっとしなくて……でも、桜の精の物語はおもしろいから、これを書いたことにすれば注目されるって、そう思って冊子にしたの。そうしたら主上だって興味を持ってくださったわ。それなのに、作者が内裏に入ってきて、同い年なのに掌侍ではなく、尚侍で……正直すごくいやだった。しかも、こんな物語を書く才能があるうえに、主上にも愛されるなんて、私、みじめで……でも、私の感想が心の支えだったたって言われて……私、今、なんてことをしようとしているんだろうって」

皮肉にもこんな段になって、園子が以前の話し方に戻っていた。

「園子……嘘でしょう……？　だって、そんな薬……手に入れられるわけがないわ？」

敦行がすっくと立ち上がり、剣のある声を投げかけてくる。

「そうだ、一介の掌侍が手に入れられるようなものではない。愛人である関白、兼政から渡されたんだろう？」

園子が否定しない。

「本当なの……？」

園子がみじめな気持ちになっているところに、兼政がつけいったのだろう。

突っ伏して泣き出した園子を、豊子はかばうように袖で覆い、敦行を見上げた。

敦行がやりきれないとばかりに双眸を狭めている。

「利用されているのに気づかないなんて哀れだな。本当に愛していれば、利用しようなんて思わないだろうに」

以前、豊子を利用するようなことはしたくないと言ってくれた敦行に、豊子は当事者扱いされていないと怒ってしまった。

——私ってば、なんて浅はかだったの。

豊子の下からくぐもった声が聞こえてくる。

「そんなこと……わかっています。でも、利用価値ぐらいないと、あんな雲の上のお方に、相手にしていただけるわけがないでしょう？　豊子のような才能もなく、主上に愛される

 こともない私に目をかけてくださった……それだけで救われた気がしました」

――そこまで追い詰められていたの⁉

豊子は愕然《がくぜん》としてしまう。

子どものころは対等な立場でなんでも話したのに、どこでどう違ってしまったのか。豊子とて、父を亡くして内裏に出仕していたら、園子のようになっていたかもしれない。

――園子はもうひとりの私だわ……。

「検非違使、源掌侍を捕らえ、関白からどのような指示があったのか、調べよ」

威厳ある口調で敦行がそう言い放ったものだから、豊子は耳を疑ってしまう。

検非違使が園子に近づいてきたので、豊子は、園子を覆う手に力をこめた。

「違います。源掌侍は捕らえられるようなことはしておりません。私を助けるために、今、蘇蜜煎を食べるのを止めてくれたんです。掌侍は関白殿から私を救ってくれたのです」

「その食するのを止めないといけないような蘇蜜煎を持ってきたのは源掌侍だ。捕らえるのはあくまで、関白が掌侍を使って女御に毒をもろうとした過程を調べるためだ」

そう言って、敦行が豊子を園子から引きはがすと、検非違使がふたりがかりで園子を引っ張り上げる。

――私がこんな、自分を囮にするなんて計画を立てなければ……！

園子が引きずられるようにして御簾の外に連れて行かれる。その方向に手を差し出したまま、豊子の頬には、ただ涙が伝っていった。

園子と入れ替わるように「主上、頭中将、参上しました」「頭弁も今、参りました」と、御簾の向こうで、頭中将と頭弁の声が上がる。急いで駆けつけたようで、ふたりとも荒い息だ。

豊子を抱き寄せるように支えていた敦行が良子に目配せし、豊子を良子に託した。

「頭中将、女御の警護を頼む」

「承りました」

頭中将が御簾のこちら側に入って来た。豊子の顔を見るなと怒っていた敦行だが、本当は頭中将を信頼しているのだ。

――私は園子とそういう関係を築けなかったんだわ……。

そう思うと余計に涙があふれてくる豊子だ。


豊子の嗚咽を背後に聞きながら、敦行は検非違使から膳を受け取る。これには、拾い集めた蘇蜜煎と食べかけの皿ひとつと、手をつけていない皿がふたつのっていた。

「頭弁、おまえは薬学の知識があるだろう？　ひとまず、これを検証してくれ」

周りに聞こえるような声でそう言うと、敦行は頭弁を人気《ひとけ》のない廂へと連れていく。几帳の裏に回り、頭弁に耳打ちした。

「検非違使に戻す前に死に至るような毒を混ぜよ」

頭弁は驚きもせず「私もそれがいいと思っておりました」と答えた。話が早くて助かる。

「偽薬は無味無臭なんですが、見分けやすいように極小の種を混ぜておりましてね」

そう言って頭弁が皿を自分の目の近くまで持ち上げる。

「粒、目視しました。これは小野氏が買いに来た偽薬ですね。食欲増進の薬なので、ちゃんとした毒を混ぜないと、あの方を失脚させられません」

「そうか。あの人からしても、覚えのない襲撃の罪を負わせられるよりも、心当たりのあるこちらの罪のほうが認めやすいというものだ」

「主上、頭中将です。今、よろしいでしょうか」

御簾の向こうから声が聞こえてきて、敦行は立ち上がって几帳の上に顔を出す。

「女御は？」

「女御様には屈強の近衛三名を付けておりますので、ご安心ください」

そう言って廂に入って来た頭中将が差し出したのは、馬に乗るときに敦行が抛《ほう》った袍と石帯だった。

「こちら、先ほど、蔵人が届けに参りました」

敦行は、ふっと浅く笑ってその袍を受け取った。

「帝のままでいろということか」

ひとりごちて敦行は袖に手を通す。

「なんのことをおっしゃっているのです？」と、頭中将が怪訝そうな表情になった。

「いや、こちらの話だ。本来、私はこの邸に来ずに、内裏で捕縛の宣旨を出す予定だったが、宣旨を出さずとも、帝自身がいればなんとかなるだろう」

敦行が腰に石帯を巻くと「私が女官に代わりましょう」と、頭弁が袍を整えてくれた。

「前代未聞だが、帝《わたし》も大饗に参加するか」


左大臣邸の本殿は全ての障子、衝立、几帳が取り除かれて開け放たれ、馳走《ちそう》ののった膳が所狭しと並んでいた。その前に座す貴族たちは、南庭の舞楽を楽しむ者、酒を酌み交わす者、料理に舌鼓みを打つ者と様々だ。

兼政は大饗の〝尊者〟なので皆から少し離れ、南庭に面した廂で酒を飲んでいる。敦行は人の目につかぬよう、兼政の背後に置かれた屏風《びょうぶ》の裏に回り込み、その端から顔を出す。

「関白殿」

敦行が声をかけると、兼政が何ごとかと顔を振り向かせた。

「お……主上？」

「なぜ、私がここにいるのか、わかるか？」

「おしのびでいらっしゃいますか？」

兼政は片方の口角を上げたが、引きつった笑いにも見える。

敦行は檜扇をぴしゃっと閉めた。

「今回ばかりは、おしのび用の狩衣《かりぎぬ》に着替える余裕もなく、この通り、青色袍を着たままだ。というのも、無断で休んだことのない源掌侍が、清涼殿に出仕しておらなくてな。関白殿の愛人だから、何かご存じかと思ったのだよ」

兼政の目が据わった。

「愛人などと、お戯言《たわむれごと》をおっしゃいますな」

「そうか。愛人扱いすらされていないのに、源掌侍は、関白殿に頼まれて、いとこの女御に毒をもろうとしたのか。哀れだな。さっき検非違使に捕らえられたよ。そのときおかしなことを言ったんだ。毒は関白殿にもらったとね」

「……そういえば、その掌侍は物語を書いておりませんでしたかな。現実と物語の区別がつかなくなったのではありませんか？」

「この罪だけでも認めたほうが賢いと思うぞ？　十一年前の毒鶴茸《どくつるたけ》のことを掘りおこされたくなければな？」

そのとき、明らかに兼政の顔色が変わった。敦行は今だと思い、畳みかける。

「女御に子が流れやすくなる薬を飲ませようとした罪を認めれば、この罪以外は見逃してやろう。こんな軽い罪で済むなんてよかったな?」

本当はその薬は偽薬で、今ごろ猛毒と差し替えられているだろうことなどおくびにも出さず、敦行は目を細めて、猫なで声で告げた。

「何が……何が、目的なのです?」

弱々しく問うてきた兼政を、敦行は睨《ね》めつける。

「目的? 私は恋に現《うつつ》を抜かす帝ぞ。目的は女御の安全に決まっておるだろう? 下手を打ったな、兼政。さあ、皆の前で関白を辞すことを告げるのだ。そうすれば十一年前のことは公にはしない」

兼政の唇は震えていた。

「私は顔も声も父に生き写しらしいな。先帝に言われたような気になったか? 先帝の屍《しかばね》の上にあぐらをかいて平然としていた度胸はどこに行った?」

兼政が何も答えず、ただ、目をぎょろりとさせて見上げてくる。敦行は続けた。

「先帝は気づいておられた。敵は近くで味方のような顔をしている、という言葉を私に遺されたぐらいだからな。兼政、罪の意識にさいなまれて生きるより、いっそ現世で罪を償ったほうがいいと思わないか? さあ、起き上がって、皆に告げるのだ、関白を辞すと。でないと、この衆人環視の場で検非違使に連行させてやるぞ」

兼政が手にしていた杯《さかずき》を口に押し当てた。ちゃんと飲めていないようで顎から酒が滴り落ちている。力なく杯を置くと、よろよろと立ち上がった。

敦行は、彼が急に小さくなった気がした。

少年帝だった敦行が、外粗父の兼則、外伯父の兼嗣と、次々と摂政《せっしょう》を失ったとき、兼政が頼もしい存在に見えなかったと言えば嘘になる。よくも悪くも、兼政は敦行にとって大きな存在だった。

だが、先帝も兼嗣も、兼政によって殺されたとなれば、話は全く違ってくる。

兼政が立ち上がって、皆のほうに躰を向けたので、ぴたっと会話がやみ、庭から聴こえてくる管弦の音だけになった。

「……私は、藤原兼政は、健康上の都合により……関白を辞すつもり、いえ、辞します」

場に、どよめきが起こる。

こういうときは帝が慰留《いりゅう》するのが慣例で、誰も言葉通りに取っていないだろう。だから止《とど》めを刺す必要がある。

敦行は立ち上がった。ここにいる者は皆、殿上人で、帝の顔を知っているので、さらに大きなどよめきが起こる。臣下の宴に帝が姿を現すなんて誹《そし》りを受けても仕方がない軽率な行為なのだが、宣旨なしで関白を断罪できるのは帝しかいない。

「私がここにいるのは、関白の手の者に女御が毒をもられたからだ。関白、藤原兼政、罪名勘申《ざいめいかんじん》ののち、処罰の宣旨を下す」

兼政がその場でくずおれた。これで皆、関白の再起がないことを悟る。

「女御様が……？　女御様が毒を？」

豊子の父である右大臣が目を剝《む》いて、敦行の足元まで這ってきた。

「女御は無事だ。毒の入った蘇蜜煎を食べそうになったところで源掌侍が止めてくれた」

「そ、園子が……。あの子は女御様と昔から仲がよくて……きっと何かを察してここに来てくれたのでしょう」

――そうだ。豊子も言っていたが、最終的に、源掌侍は豊子を救おうとした。

園子の役目を、ほかの者が担っていたら、あのまま蘇蜜煎を食べさせていただろう。

敦行は密かに笑った。

――どのみち、偽薬だし、懐妊もしていないけどな。

愕然としてへたりこむ兼政を、敦行は見下ろす。

十歳のときから十一年間、兼政が、どのようにして公卿たちを意のままに操ってきたのかをつぶさに見てきた。その手法には倣《なら》うところもある。だが、今後は、関白のためではなく、国のため、民のために、公卿たちに働いてもらわねばならない。

――これから忙しくなるぞ！

終章

大饗《おおあえ》からひと月経ち、ようやく豊子は良子とともに、里邸《さとやしき》から弘徽殿《こきでん》に戻った。

──私、戻ったんだわ。

敦行のいる内裏《だいり》が、いつの間にか豊子にとって戻る場所になっていた。気づけば、もうすぐ七夕である。

──お父様から入内《じゅだい》を持ちかけられてから、早一年というか、まだ一年というか。

結局、出仕したのは今年の二月で、再会した桜の君は帝だった。帝に愛されたものの、五月には里下《さとさが》りとなる。そして、あの政変だ。

このひと月の間、御所は上を下への大騒ぎだったと聞く。

大饗で兼政が捕えられたあと、敦行が関白邸《かんぱくてい》と小野邸の捜索を検非違使《けびいし》に命じ、小野邸から毒鶴茸《どくつるだけ》を始め様々な毒が押収された。兼政は隠岐《おき》に、小野貞世は伊豆《いず》に配流という、死刑のない社会における極刑に処せられた。

兼政の一族が失脚したため、上層部の官職に空きができ、参議より上への昇進を兼政によってはばまれていた実力者たちが中納言《ちゅうなごん》に上がった。頭弁《とうのべん》の父は功労者として、中納言の位を飛ばして権大納言《ごんだいなごん》に昇進するという破格の扱いだ。

敦行が天子自ら政治を行うということで、関白は官職自体がなくなった。最近の敦行はとても忙しそうだが、その瞳はいきいきしている。

――自信に満ちて、どんどん帝らしくなっている気がするわ。

豊子が脇息《きょうそく》にもたれて、そんなことに想いを巡らせていると、眠そうに見えたのか、良子が隣に腰を下ろして話しかけてきた。最近、気がゆるんでいるのか、日中、あくびばかりしているので、そう思われても仕方ないところだ。

「今となっては弘徽殿のほうが落ち着きますわね？」

「そうね。私もそう思っていたわ」

良子が、脇に置いてある文箱に目を落とす。

「……こちら、園子様からのお手紙ですよね？　小耳に挟んだのですが、園子様が恩赦されてご実家に戻れたのは、女御様《にょうご》たってのお願いって……本当ですの？」

「ええ。そうなの。園子から謝罪と感謝の文《ふみ》をもらったところよ。実家とはいえ、お父上が亡くなっていて、兄夫婦が住んでいるから、いづらいかもしれないわ。かわいそうに」

「か、かわいそう？　あの毒は、子が流れる薬どころか猛毒だったそうではありませんか。女御様ったら命を狙われたのに、お人がよろしいのにもほどがありますわ。そもそも私は、桜の精の物語を盗作しているのを知ってから、信用ならないと思っていたのですよ」

「盗作は言い過ぎよ。それに、園子本人は猛毒だなんて知らなかったし、最後は私を守ろうと、蘇蜜煎《そみつせん》を食べるのを止めてくれたわ。全て兼政殿のせいなのよ」

蘇蜜煎に混入していたのが偽薬だったことを良子は知らないので怒るのも当然だ。とはいえ、頭弁が猛毒に差し替えたのち検分に出したことなど、たとえ相手が良子でも、絶対に言えない。国家機密である。

「主上はご自身の外伯父君にはご容赦ないのに、女御様のご親戚には甘くていらっしゃいます」

「上に立つ者のほうが、責任が重いとお考えなのでしょう」

良子がはっとした表情になったあと、瞳をきらきらと輝かせた。

「今の女御様には、いずれ国母《こくも》になられるお方という威厳を感じましたわ」

「いやだわ、また、そんなことを」

豊子は檜扇を広げて顔をあおぎ、はたと気づいた。

「ねえ、良子、もしかして私……？」

良子も気づいたようで目を見開く。

「……私めも、最近いろんなことがありすぎて肝心なことが抜け落ちておりました。女御様、ここふた月近く月のものがございませんわ」

――あの、塗籠《ぬりごめ》のとき！

良子も同じことを考えたようで、「主上はおしのびでお邸にいらっしゃったことがありますよね？」と言ってくる。

「そうよ……あのとき、もしかして……」

良子が興奮した面持ちで、すっくと立ち上がった。

「くっ医師《くすし》を呼んで参ります！」


医師に懐妊を告げられ、豊子は今、帳台の中で、小袖姿で横になっている。最近、異様に眠かったのは妊娠初期の症状だったらしい。

――敦行、喜ぶだろうなぁ。

想像しただけで、顔がにやけてしまう。

――いえ、待って。

そういえば先帝は、皇太后が妊娠で里居《さとい》しているときに、新たに女御を入内させたのだった。それで皇太后は、内裏に戻らず、里邸にいついてしまったそうだ。

豊子はうっかり頭の中に絵巻物を広げてしまう。

豊子が懐妊して里下りするやいなや、美姫《びき》が次々と入内する。帝に召された女御が毎夜、弘徽殿を囲む縁を通って清涼殿に向かう光景が繰り広げられるのを想像して絶望的な気持ちになったところで、「豊子」と、とてつもなく甘い、低音の声が耳に飛び込んできた。

「敦行？」

豊子は跳ねるように上体を起こす。

帳台の入り口で敦行が両手を突いてのぞき込んできている。今まで見たことがないくらいうれしそうな笑みを浮かべていた。

「最近、忙しくて夜しか会えなかったのに……公務を外して大丈夫なの？」

「帝に初めての子ができるとわかったんだぞ？　しかも愛する女御との。これ以上、大事なことなど、この世にあるか？」

「敦行……」

豊子のほうが喜びで泣きそうになってしまう。

敦行が中に入って、ごろんと横になると、豊子の膝を枕にした。腹部に頬を寄せてくる。

「早く会いたいな。帝として本当は皇子を望むべきなんだろうけれど、豊子に似た女の子は可愛いだろうと想像してしまうよ」

豊子を見上げる瞳は、愛情にあふれていた。自身の皇統を残すために、帝は男子しか欲しがらなくても当然だ。女子でも喜んでくれる帝など、なかなかいないだろう。

「私は、敦行似の男の子が欲しいけれど、どちらが産まれても祝福してもらえるなら、それが一番だわ。ありがとう」

「当然だ。私はまだ若い帝だ。焦る必要はない。周囲からの期待を重圧に感じるかもしれないが、母には私から伝えるし、豊子には、ゆるりと過ごしてほしい」

「ありがとう」

「さっきから感謝されてばかりだ」

敦行が可笑《おか》しげに口角を上げた。

「感謝したいことは、もうひとつあるわ。園子から文が届いたの。恩赦されたことに感謝していたわ。園子に恩赦を出してくれてありがとう」

「被害者の豊子が恩赦を望んだからな。だが、豊子が蘇蜜煎を口にする前に止めに入らなかったら、私は赦せなかったと思う。あの日、豊子の顔を見るまで、本当に生きた心地がしなかった。あのとき思い知ったよ……豊子がいないと、私は生きていけないって」

当時の気持ちを思い出したのか、敦行が眉間に皺を寄せ、目を瞑った。

「私が役に立ちたいってわがまま言って、あんな案を出したから……ごめんなさい」

「いや、謝ることはない。むしろ、感謝しないといけないのは私のほうだ。私は正攻法で兼政を失脚させることしか頭になかった。あのやり方なら一年以上かかったかもしれない。その間《かん》にも、不幸になる者が多く出てきたことだろう。豊子の柔軟な発想のおかげで、ひと月で進むべき道に進めた。これでやっと私は代々の帝に顔向けができるよ」

あまりに過分な褒め言葉に、豊子はなんと返したらいいものか、うろたえてしまう。

「ですが……身の危険を避けるよう言われていたのに、自分が囮になんて考えたせいであんな事件を引き寄せて、しかも、園子が罪を負うようなことになってしまって……」

「園子が罪を犯す前に思いとどまったのは、豊子が園子に感謝の気持ちを伝えたからだ。これは、あなたの手柄だよ」

「敦行……」

いつも敦行は豊子の心を軽くしてくれる。

「ただし、これからは、少しでも危なそうなことはしてくれるなよ。私たちの宝物がここにいるんだから」

そう言って敦行が帯にくちづけてきた。温かな愛情が、お腹から全身に広がっていくようだ。しあわせすぎて、豊子は急に不安になる。

「私だって、父親を亡くしていたら、園子と同じだったのに……私だけ、こんなにしあわせになっていいものかしら」

「同じになんかならないよ。豊子なら掌侍《ないしのじょう》として入っても、自分で書いた物語を書写しては周りに配って悦《えつ》に浸っていたと思うよ。そこで、どのみち私の目に留まるんだ」

悪戯っぽい眼差しで言ってきたので、豊子は「悦がひと言邪魔よ」と敦行の額を指先で突《つつ》く。

「私の真似をするな」と、敦行が笑った。

「ひとりでいると、いやなことをつい想像してしまうけれど、敦行と話していると、不安がすぐに消えていくわ」

「いやなことって？」

「これからのことをつい悪い方向に考えてしまうの。皇太后様が懐妊して里居中に、新しい女御様が入内なさったのでしょう？　もちろん敦行は違うって信じているけど」

――でも、好きだからこそ、どうしても不安になってしまう。

敦行が、がばっと身を起こして、豊子の手を取ってきた。

「豊子が出産で里に下がったら、今回のように、ものすごく寂しく感じると思う。だからといって、ほかの女性に目移りしないぞ。父帝には事情があったんだ。もともと望んで母を女御にしたわけではないというのも大きいが、藤原氏に乗っ取られそうな政《まつりごと》を皇族の手に取り戻そうとして、女御の里居を口実に、皇族を入内させた」

「ごめんなさい。わかっているわ。私は今のところ政治的にも問題ないし……」

敦行が豊子の肩を抱いてくる。

「本当にわかっているのか？　十八歳のときに豊子を娶ると心に決めて、添《そ》い臥《ぶ》しした雷鳴壺《かんなりつぼ》の尚侍《ないしのかみ》のところにだって訪問したことがないくらい、私は一途《いちず》なんだぞ」

「私も、あのとき……十五のころからずっと敦行のことばかり考えてきたわ」

「そうだ。私たちは強い縁《えにし》で結ばれているんだ」

　申し訳ないぐらい真剣な表情を向けられ、豊子は自分が恥ずかしくなる。

「もう敦行の心を疑うようなことは言わないわ」

「豊子、〝登場人物〟に感情移入して皆のしあわせを考えるのはあなたらしくていいけれど、同じ環境でも、しあわせになれる道を探す者は探し出すし、自分で探そうとせず、うまくいっているように見える者を妬《ねた》む者は、ふしあわせな道に迷い込む。要は心の持ちようだ」

　豊子は敦行の言葉に胸を震わせる。今まで見えなかったことが急に見えたように思う。

「敦行はそうやって、自分の力で進むべき道を見つけて、理想の政治を実現しようとしているのね。本当にすごいわ！　しあわせになれる道を自身の力で探し出したのよ」

　敦行が視線を外した。帳台の中は薄暗く、顔色まではわからないが、照れているのだ。

　豊子は最初こそ、彼が照れるつぼがよくわからなかったが、今はもうわかる。

　敦行は、豊子に褒められたら照れるのだ。

「登場人物といえば……雷鳴壺の尚侍なら気にしなくていい。女御懐妊の噂を聞きつけて、早晩、ここに来るだろう」

　――弘徽殿《ここ》に？

　敦行の言った通り、一週間もすると、雷鳴壺の尚侍が弘徽殿にやって来た。豊子は御簾などで隔てることなく直接対面する。

いやみや妬《ねた》みを言われたとしても、それで少しでも気が楽になるなら自分を使ってほしいという気持ちで受け入れたのだが、尚侍がいつになく穏やかな表情で驚く。

懐妊についてのお祝いなど型どおりの挨拶が終わると、尚侍がこんなことを言ってくる。

「私、実は縫物《ぬいもの》が得意でして、産着を縫って参りましたの」

尚侍がかたわらに置いた螺鈿《らでん》の衣箱から、桜紋様の見事な産着を取り出して広げた。

「ご出産が春とうかがいましたので、桜にしてみたのですが、こういった産着、必要とされていらっしゃいますでしょうか？　よろしければ、もっとお作りさしあげたいですわ」

豊子は手渡された産着を見て、その縫い目の美しさに舌を巻く。

「まあ。こんな特技をお持ちでしたのね。うれしゅうございますわ」

尚侍が檜扇を広げ、照れたように笑った。

――こんな表情をする方だったかしら？

「そうなのです。頭中将《とうのちゅうじょう》もこれを見て感嘆しておりましたわ」

――ん？　頭中将？

ここで、その役職名が出てくるのはあまりに唐突である。それを察したのか尚侍が小さく笑む。

「そのご様子。ご存じなかったのですね。お菓子の会に参加するために、渡り廊下を歩いていたところ、檜扇との隙間から顔を見られ、そこで一目《ひとめ》惚《ぼ》れされてしまったのですよ」

——えええええ？

『雷鳴壺の尚侍なら気にしなくていい』という敦行の言葉の意味が今になってわかった。

「初耳ですわ」

「私、本来、皇后になるべく育てられたでしょう？　頭中将の父親は参議止まりで、どうかと思っていたのですが、このたび、父君が中納言に、頭中将ご本人は、主上がどうしても現場にいてほしいと、頭中将のままですけれど、特別なお計らいで位階が正三位《しょうさんみ》に上がり、中納言と同格ですわ。これなら私が妻になってさしあげてもいいかなと思いまして」

——こんなにたくさんしゃべる方だっけ？

「お菓子の会がご縁だったとは……私もうれしゅうございますわ」

「私こそ、女御様には感謝してもしきれませんわ。主上が忘れられなくて失礼なことを申し上げたこともあったこと、非礼をお詫《わ》び申し上げます」

「そんなこと、あったことすら覚えておりませんわ」

「女御様ならそう言ってくださると思っておりました。ところで、頭中将ったら、私を見初《みそ》めてからというもの、次々とすばらしい歌を送ってきましてね。最初は私、冷たい返歌をしていたのですが、そうしたら余計に燃える質《たち》らしくて、本当に困りましたわ」

と言ったときの尚侍の目は喜びに満ちあふれ、全く困っていなかった。それからえんえん、惚気を聞かされ、気づいたら豊子は空《くう》を見ていた。

――私が惚気ていたとき、良子が空を見ていたわけがわかったわ。

とにかく、現状に満足していない登場人物がひとり減って、胸を撫でおろした豊子だ。


それから、ひと月もしないうちに、豊子は皇后の位を与えられた。

秋になって政情が安定してくると、清涼殿から時折、横笛と琴の合奏が聴こえてくるようになる。秋だというのに内裏では鶯が囀《さえず》ると話題になった。というのも、帝と皇后が合奏するとき、最初の一曲が必ず『春鶯囀《しゅんのうてん》』だったからだ。

その息の合った美しい音色とともに、帝と皇后の仲睦まじさは後世まで語り継がれたという。

あとがき

あれは四年前の寒い日のことじゃった……。『源氏物語の時代　一条天皇と后たちのものがたり』（山本淳子／朝日新聞出版／二〇〇七）を読んで、エンペラー一条にフォーリンラブ！　さらには『一条天皇』（倉本一宏／吉川弘文館／二〇〇三）を読んで、今度は倉本先生にはまって、気づいたら東京―京都日帰りで講義を聞きに行っておりました。

以来、いつか平安ものを書きたいと強く願っていましたが、それが、ついに、ついに、叶いましたー！　ヴァニラ文庫様、編集様、ありがとうございます！

吉崎ヤスミ先生が描かれた帝は、まさに私の理想の帝！　耽美！　眼福です。

本来、帝は自由がかなり制限されていましたが、このお話は、書く前に『暴れん坊将軍』にすると決めました。帝がしたくてもできなかったことをばんばんやらせています。

そう、ここはパラレル平安！　そうじゃないと畏れ多くて帝の閨なんて書けません。あと、勾欄、直盧、中宮、等々、現代では使わないような単語は極力、置き換えました。

作中の相聞歌は、梶間和歌先生が詠んでくださいました。お互いを桜に見立てた素敵な恋歌をありがとうございました。（梶間和歌先生ブログ　https://ameblo.jp/waka-kajima/）また、都道府県をまたぐ移動が制限される中、京都御所の取材に行けず、スケールやイメージがつかめなくて困っていたところ、御所の写真や資料を見せてくださったり、アドバイスをくださったLさんにも感謝申し上げます。

参考図書

『平安朝 女性のライフサイクル』（服藤早苗／吉川弘文館／一九九八）内裏で働いたことがない女性でも能筆家であれば、歌合せ等の清書の仕事依頼があったことを知りました。

『王朝文学文化歴史大事典』（小町谷照彦・倉田実編／笠間書院／二〇一一）なんでも載っていて、これを片手に書いていました。ただ、あまりの分厚さに腕が折れるかと。

『讃岐典侍日記全注釈』（岩佐美代子／笠間書院／二〇一二）危篤状態の帝が、どういう状況に置かれるのかがわからなくて、調べまくった果てに出会った書です。

『牛車で行こう！　平安貴族と乗り物文化』（京樂真帆子／吉川弘文館／二〇一七）まさか南方のヤシ科の檳榔の葉が平安時代、高級牛車の素材になっていたとは！

『詳解有職装束の世界』（八條忠基／KADOKAWA／二〇二〇）装束を着る過程の画像と解説が細かに載っているのですが、それを、どう脱がすかという邪な目で熟読。

『有職故実の世界』（八條忠基監修／平凡社／二〇二一）発売が半年早かったら（涙）！大饗の席次など、これを読んで（見て）やっと視覚的に理解できたことが多かったです。

藍井　恵

物語好む姫、本物の帝からまさかの寵愛！平安新婚絵巻

Vanilla文庫

2021年9月20日　第1刷発行　定価はカバーに表示してあります

著　者　藍井 恵　©MEGUMI AII 2021
装　画　吉崎ヤスミ
発行人　鈴木幸辰
発行所　株式会社ハーパーコリンズ・ジャパン
東京都千代田区大手町1-5-1
電話 03-6269-2883（営業）
0570-008091（読者サービス係）
印刷・製本　中央精版印刷株式会社

Printed in Japan ©K.K. HarperCollins Japan 2021 ISBN978-4-596-01439-9